転生したラスボスは異世界を楽しみます

転生したラスボスは

01

平成オワリ

ill. 由夜

異世界を楽しみます

CONTENTS

プロローグ

シオン・グランバニアとは有名なゲームに登場するラスボスの名前である。

それと同時に、十八年前から今世の俺に与えられた名前であった――。

「おのれ！　おのれぇ！　シオン・グランバニア！　黄金の獣！　たかが器のくせに、よくも我が神をぉぉぉ！」

黒いローブを着た痩《や》せ細った老人が、俺を殺そうと叫びながら近づいてくる。

目は血走り、喉《のど》は裂け、枯《か》れ木のように細く弱々しい、今にも死にそうな男――大司教《だいしきょう》オウディ。

その怨嗟《えんさ》の声はまるで地獄の悪魔のようで、戦場を長く駆けた歴戦の猛者《もさ》ですら畏《おそ》れ戦《おのの》くことだろう。

だが――。

「地獄なら、何度も見てきた」

俺が指を向けると、オウディの影から闇色の紐が無数に広がり、素早く男を拘束《こうそく》して動きを止めた。

その姿はまるで紐で操られるマリオネットのようで、皮肉が効いていて思わず笑ってしまう。

「許さん、許さんぞ！　たとえこの身が滅びようと我らクヴァール教団は不滅！　グランバニア帝国も、貴様もみんな呪って――」

「うるさいぞ」

指にほんのわずかな魔力を込める。

「ひぎぃ!?」

ミシミシと、男の身体から悲鳴に似た音が部屋に反響した。

腕や身体を無理矢理引きちぎろうとした音だ。

「き、ひひひ……たとえこの身が滅びようと……ぎ、ぎざまを……」

「オウディ……思えば貴様とも長い付き合いだった」

幼少期……いやそれこそ俺が生まれるよりも前からか。

思わず感傷に浸りそうになる心を抑え、見下ろしながら冷笑する。

もし他に人間がこの場にいたら、俺の姿はどう映っているだろうか？

「ぎざまを………ぐるじまぜで……」

「ああ奇遇《きぐう》だな。私も同じことを思っていた。だから――」

――できるだけ苦しんで、死ね。

「あ、あぁぁ……クヴァール様ぁぁぁぁ！」

オウディを拘束していた闇色の紐が唸《うな》りをあげ、全身を引きちぎる。

ボタボタと肉片と血飛沫《ちしぶき》が飛び散り、皇室から与えられた部屋を濡らした。

「さよならだ。私の死よ」


屋敷のソファに座り、血のように紅いワインを片手に俺は一人で感傷に浸っていた。

「ようやく、終わった……」

足元には血を流して倒れているオウディだったモノ。

破壊の神であるクヴァールを信仰する教団の大幹部であり、俺を唆《そそのか》して世界を滅ぼそうと画策していた、黒幕的な存在だ。

本来の歴史であればシオン・グランバニアという人間は破壊神クヴァールの器とされ、世界を滅ぼそうとする。

そしてゲームの主人公たちと敵対し、敗北して死ぬ運命にあった。

だがそれは『本来の歴史』。

「これで世界の破滅は防がれ……いや、違うか」

そんな高尚《こうしょう》な目的のために戦ってきたわけではないと思い、言葉を言い換える。

「私の未来は開かれた」

ワインに反射する俺の姿は、どこまで美しく、恐ろしい。

黄金の君、破壊の獣、邪神の器、残虐《ざんぎゃく》なる皇帝。

作中では様々な呼び名で呼ばれたこの身体の持ち主に宿った魂は、日本の平凡な家庭に生まれた普通の男だ。

「このゲームの世界に転生してから十八年……長かったな」

最初はなにが起きたのか全く分からず、ただ驚いた。

事故で死んだと思ったら、赤ん坊に転生していたのだから当然だろう。

次第に状況を理解していくと、ここが前世で好きだった『幻想のアルカディア』の世界で、俺がそのラスボスである『シオン・グランバニア』であることを知り、今度は絶望した。

なにせラスボスである。倒される役目だ。

ゲームのシナリオ通りに平和になっても、俺の命はそこで潰《つい》える。

なにより、このシオンという男は単純にゲームのシナリオ的にも作中屈指の不幸フラグを秘めた存在だということを知っていたのだから……。

「よくここまでたどり着けたものだ」

当たり前の話だが、破滅すると分かっている人間に生まれて、なにもしないやつはいない。

大好きだったゲーム『幻想』の初代ラスボスに転生したと気付き、これから自身に降り注ぐ不幸という不幸と立ち向かうため、ひたすら努力をし続けた。

一つ選択肢を間違えば、自分が世界を滅ぼすことになるのだから、手など抜けるはずがない。

幸いにして、このシオンがクヴァール教団に唆されるまでの過程や過去はゲーム内ですべて明かされている。

さすがはゲームのラスボスだけあって、持って生まれた才能と能力は最高クラス。

やればやるほど結果が出るためモチベーションは途切れることを知らず、若くして帝国史上最高の魔術師として名を馳《は》せ、皇族や貴族たちから支持を得ることができた。

人間、やればできるものだなと我がことながら驚いたものだ。

「ふっ……」

空間が揺らぎ、そこから一冊の本を取り出す。

成長して動けるようになってから最初にしたことは、世界の流れを日本語でメモすることだった。

俺が今取り出したのは、この世界の『攻略本』とも言えるもの。

それを手に取って、ペラペラと一枚ずつ捲《めく》ってみる。

「改めて見ると、このシオン・グランバニアの人生は本当に酷《ひど》いものだな」

自分以外には読み解くこともできない、日本語で書かれた『IF』の歴史を見て、頭が痛くなる。

近寄ってくる貴族たちは味方などではなく、甘い汁を啜《すす》りたいだけの輩《やから》たち。

他の皇子たちによる暗殺は日常茶飯事で、少し油断をすれば毒を盛られる始末。

大陸一の軍事国家であるグランバニア帝国の国力を削《そ》ぐため、ありとあらゆる手段を取って来るクヴァール教団。

「だがそれも、すべて叩き潰した！」

他の皇子たちの陰謀はすべて返り討ちにし、帝国に対するクーデターを起こす組織は原作知識を使って懐柔《かいじゅう》済み。

本来の歴史であればクヴァール教団によって封印が解かれ、グランバニア帝国を半壊させる大魔獣は、先手を取って倒した。

そして、大司教オウディもも死んでいる。

これにより俺をラスボスへと唆す存在はおらず、未来は変わった！

俺は、運命に打ち勝ったのだ！

「ははは、はははははは！」

改めて歓喜の声を上げると、体内から漏れ出る魔力が部屋中を覆い空間を歪《ゆが》ませる。

世界最強の魔力はたとえ魂が別人であっても健在で、敵対する者には圧倒的な絶望を与えることだろう。

「今日は私の人生至上、最もめでたい日だ」

だから、普段は抑えている魔力も、今この瞬間だけは全力で解き放ってもいいだろう。

窓を開けて空を見上げれば、満天の星空が広がっていた。

幻想のような、夢のようなこの世界。

剣と魔法の世界が広がり、魔物が跋扈《ばっこ》し少年少女たちが未来を手に入れるために戦うファンタジー。

俺は今、何度も何度も繰り返し遊んだ『人生で一番好きだったゲーム』の世界にいる。

それは夢でもなく、幻でもなく、この十八年の歩みは本物で、そして現実だった。

「長い戦いだったが……これでもう私の邪魔をする者はいない」

暗殺を謀《はか》る兄弟たちはすべて倒し、次の皇帝となるべき人物の選定も終わっている。

俺は俺に降り注ぐすべての不幸の元凶を、ひとつ残らず叩き潰した！

「もし私をこの世界に転生させた神がいたとしても、もういいだろう？」

いったいどんな理由でこの世界に転生させたのか、神と出会っていない俺には分からない。

だがもし『本来の歴史』をなぞらせるだけの運命を望んでいるなら、そもそも転生させる必要もなかったはずだ。

ゆえに、もし神に望みがあったとすればそれは『変化』。

そしてこの世界における『ラスボス』になるためのフラグはすべて叩き折った。

もうこの世界のシオン・グランバニアが世界を破滅へと導くこともなく、ラスボスとして君臨《くんりん》することもない。

ラスボスのいないゲームなどなく、これ以上の『変化』などないはずだ。

神の望みは叶えた。たとえ望みが違っても、これ以上はもう関係ない。

「ここから先はもう誰も知らないシオン・グランバニアの人生だ」

――もしも、大好きだったゲームの世界に転生したら？

その質問の答えは、人それぞれあると思う。

原作の主人公と一緒にたくさんの冒険をしたいと思うのもいいだろう。

可愛いヒロインと仲良くなって、仲良くしたいと思ったっていい。

本来は死ぬはずだったキャラクターを助けて、歴史を変えたいと思うのも当然だ。

もしかしたら、原作に関わることで世界が滅びるから干渉しない、という道を選ぶ者もいるかもしれないし、それも一つの選択肢だと思う。

俺はそんな『もしも』を経験する機会を得られたのだ。

「これまでは私の行動一つで世界が滅びる可能性があった。だから慎重に慎重を重ねて行動してきたが……」

すべての破滅フラグに打ち勝った俺はもう自由だ。だから、どんな選択肢だって取っていいはずなのだ！

俺はこの世界『幻想のアルカディア』が大好きだった。

登場人物は誰も彼もが生きることに必死で、それでも前向きで、魅力的なキャラばかり。

せっかく転生したのだから、リアルな彼らを見てみたいとずっと思っていた。

ラスボスになる可能性があった以前なら出会うことも許されなかったが、今は違う。

もう俺がなにをしようと世界は破滅することもないのだから、己の願望を優先してもいいだろう。

「私はこれより、誰よりもこの世界を愛そう」

俺はこの世界で唯一心許せた弟に手紙を残し、星空が浮かぶ外の世界へと出ていく。

「ああ、なんと美しい夜空か……」

空高く、月と星が俺の未来を祝福してくれているようだ。

これからは俺はシオン・グランバニア皇子としてではなく、ただ一人のシオンとして生きていく。

すべては、大好きだったゲームの世界のすべてを楽しむために――。

「さあ、始めようか。『幻想のアルカディア』を！」

俺は天を掴《つか》むように手を伸ばして拳を力強く握る。

その瞬間、夜空に浮かぶ星々が力強く輝き――そして暗い闇を消し去った。


この日、人々は広大な空を覆いつくす流星群を見た。


まるで世界の破滅を予兆するような超常現象を前に、ある者は運命を感じ、ある者は旅立ちを決意し、ある者は恐怖する。

ただ共通しているのは、誰もが悪魔に魅入られたように空を見上げ続けるのみ。

そして一人の魔術師によって引き起こされた神のごとき奇跡は、いつか神々に選ばれる未来の英雄

たちの運命を変えることになる。

「さて、まずはゆっくり南に進むか」

そんな事態が起きていることなど露知らず、未来を変えた本人はただ機嫌よく地上に降りると、流星群の下を歩きだすのであった。

第一章　神託の聖女フィーナ

グランバニア帝国はエステア大陸北部に存在する軍事国家だ。

そして俺ことシオン・グランバニアはその第二皇子であり、自他ともに認める大陸最強の魔術師である。

長い黄金の髪と深く妖艶《ようえん》な瞳は太陽を飲み込むと謳《うた》われ、社交界では傾国の美女すら霞《かす》む美貌《びぼう》の持ち主と有名になるほど。

そのせいで皇帝や兄弟たちからは、「貴様がいるとその場で婚約破棄が始まるからパーティーには出席するな！」と言いがかりまでつけられた。

おかげでまるで滅多に出会えない宝石妖精《カーバンクル》のような扱いだったが、俺自身がパーティーを好まなかったのでちょうど良かったと思う。

「まあ実際、シオンの見た目は美麗だからな」

今では自分のことであるが、中身が伴っているかと言われるとまた微妙である。

外見は絶世の美を纏《まと》った破壊の帝王。中身はただのオタクリーマン。

色々と呼び名のあるシオンの中で、『黄金の君』などと呼ばれる理由は、パーティーで正装した姿を一目見てみたいという令嬢たちから付けられたらしい
「まあしかし……私もよく取り繕《つくろ》えているモノだな」

俺なりに色々と頑張ってきた甲斐あって、それなりに外面に見合った言動ができるようになったと思う。

転生してから十八年、帝国のエリート教師たちに囲まれながら帝王学を学べば、最低限それっぽく

取り繕うことはできるらしい。

言葉遣いも自然と皇族のものになり、中身は未だに一般人のつもりだが外面だけは立派なものだった。

「しかし、こんなにゆっくりとした旅をできる日が来るとは……」

帝都から出た馬車に乗り、南へと進んでいく。

ゲームの主人公であるカイルが住む村は大陸の最南端にあり、最北にあるグランバニア帝国からは二ヵ月はかかる距離だ。

俺は本気になれば空も飛べるし、移動時間はもっと短縮できるが、それよりもゆっくりこの世界を見ていきたかった。

——なにせ、ようやく得た自由だからな。

本来の歴史と異なり、シオンという世界の破壊を目論む存在はいない。

暗躍していたクヴァール教団も、俺によって教団の大部分を潰されて力を失っている状態。

世界の危機などなく、魔物や悪人はいるとしても国家間の仲は表向き良好で、現在のエステア大陸は平和な世の中と言っていいだろう。

「ふっ……」

穏やかでゆっくりとした時間が続き、その心地よさについ笑みが零《こぼ》れた。

「なんだ兄ちゃん、旅は初めてか？」

窓の外に広がる景観を楽しんでいると、同乗者の男が巨大なバスタードソードを磨きながら話しかけてきた。

「初めてではないが、こうして景色を楽しむ余裕はなかったな」

「そうか、若いのに苦労してんだな」

俺がそう返すと、男は少し同情したように声を零す。

たしかに、苦労をしていると言われれば、俺ほど苦労をした者も少ないだろう。

「それなりに、と言ったところだ。とはいえ……その苦労のおかげで今の私がいると思えば、そう悪いものばかりではなかったと思う」

今更だがな、と続けると男は獰猛《どうもう》に笑った。

「へぇ……中々良い目してるじゃねえか。気に入ったぜ『黒髪』の兄ちゃん！　俺はマーカス、帝都で冒険者をしているもんだ」

「リオンだ。旅の魔術師をしている」

「魔術師か、ならもし盗賊なんかに襲われたら後衛は任せたぜ」

「ああ」

快活に笑いながら色々と話しかけてくるマーカスに応えつつ、俺は窓に映る自分の姿を見て苦笑する。

黒い髪に黒い瞳。

黄金の君と呼ばれたそれとは異なるその姿は、幻影魔術で作り出したもの。

シオン・グランバニアの姿と名前はあまりにも有名すぎるので、偽名を使い姿を変えて旅をすることにしたのだ。

前世の俺をこの世界風にアレンジして少しだけ格好良くしてみたのだが、中々どうして悪くないできだと思う。

俺と同じくオタクだった前世の妹に見られれば、少しだけ？　と疑問形で返されるだろうが、そこはあまり気にしてはいけない。

「私は気ままに旅をしているだけだが、マーカスはどこに？」

「ちょっと火竜の討伐依頼があったからな。グラド山脈の火山帯へ小遣い稼ぎに行くところだぜ」

「火竜か……」

マーカスは気軽に言うが、火竜とはこの世界における上位の魔物だ。

それこそ帝国の騎士団が一部隊は必要とされるレベルであり、それを一人で、しかも小遣い稼ぎ扱いとは……。

「有名な冒険者なのだな」

「まあな。つっても、冒険者なんて世間一般には大して知られてねぇから、お前さんが知らなくてもしょうがねえよ」

ドラゴン退治ということは最低でもAランク冒険者。

帝国の冒険者の水準は大陸でも最高峰なので、この男がこのエステア大陸でも上位に位置する者であることは間違いない。

立ち振る舞いから只者《ただもの》ではないと思っていたが、中々どうして旅の始まりから面白いことになってきた。

「面白そうだ……良ければ私も同行させてもらえないか？」

「普通なら遊びじゃねえって怒鳴るところだが……」

　マーカスはじっと俺を見て、額に汗を一滴流していた。

「強ぇな……いいぜ、ついて来い」

「感謝する」

　自惚《うぬぼ》れではなく、俺はエステア大陸における最強の魔術師だ。

　今は一般の魔術師レベルまで魔力を抑えているが、並の魔術師では見抜けないはずの隠蔽《いんぺい》をマーカスは感覚で見抜いたらしい。

　鍛え上げられた身体に刈り上げられた茶色の髪。鋭い眼光は歴戦の戦士を彷彿《ほうふつ》とさせる。

　マーカスという登場人物はいなかったはずだが、ゲームに出てくるキャラクターだけが強者ではない、ということだろう。

「ん？」

　ふと、窓の外を見れば慌ただしい様子。

　どうやら商人の馬車が盗賊に襲われているらしい。

「おいリオン、どうするよ？」

「決まっている」

　弟に皇帝の座を押し付けて出奔したとはいえ、俺はこのグランバニア帝国の皇族。

助けを求める民を放っておけるような人間ではない。

「出るぞ！　遅れるなら置いていく！」

「っ——早ぇなおい!?」

背後から驚いた声を上げるマーカスだが、今は目の前の馬車の方が優先だ。

元々の身体能力はもちろん、魔力で強化された俺の動きは超人と言ってもいいレベル。

一気に距離を詰めると、そのまま少女に覆いかぶさっている盗賊の男を蹴り飛ばした。

「大丈夫か？」

「え……？」

助けた少女はどうやら聖職者らしく、白い法衣を身に纏っている。

腰まで伸びている蒼銀色の髪は俺の物とは違いとても柔らかそうで、なんとなく天使に愛されそうな少女だと思った。

少女は一体なにが起きたのか分からないと戸惑った様子で視線を彷徨《さまよ》わせ、どうにも焦点が合わない。

見たところ怪我をしているようには見えないが……。

「大丈夫かと聞いているのだが？」

「あ……はい！　大丈夫です！」

「そうか。なら隠れていろ」

少女を背中に隠すと、殺気立った盗賊たちに向かって手を向ける。

「なんだテメェは？」

「ただの通りすがりだが、この国での蛮行は許さん」

瞬間、深紅の魔法陣が目の前に広がり、そこからうっすらと炎が漏れだす。

「こ、こいつ魔術師だ？」

「やべぇ、逃げろ！」

「逃がさん――ファイアランス！」

炎の槍が魔法陣から飛び出すと、盗賊たちに襲い掛かる。

『幻想のアルカディア』では初級魔術に分類されるものだが、俺の膨大な魔力から放たれるそれは、凄まじい威力を秘めていた。

超高速で飛び交う炎の槍は正確に盗賊たちを貫き、声を上げることもできないまま一瞬で火だるまになって灰になる。

キラキラと幻想郷の妖精のように舞う深紅の火粉は、しばらくすると風に乗って消えていった。

「す、すごい……」

少女が背後で驚いているが、盗賊たちの実力も大したものではなかったし、チュートリアルの敵を倒したような気分だ。

「さて……」

見れば少女の乗っていた馬車はひっくり返り、御者《ぎょしゃ》や他の者は全員死んでいる。

残っているのはこの少女だけか……。

「とりあえず……街まで乗っていくか？」

俺がそう尋ねると、彼女は涙を浮かべた瞳で頷くのであった。

元々御者を除けば冒険者のマーカスと二人きりの馬車旅。

それはそれでゆっくりした時間を楽しむことができたのだが、今はそこに新たな同行者であるフィーナが加わった。

彼女はとある事情のために一人で旅を続けていたが、商人とともに帝都に向かう途中で先ほどの盗賊に襲われたと言う。

「災難だったな」

「はい……リオン様たちに助けて頂けなければ、私は二度と日の当たる場所に戻ることはできなかったと思います」

「まあ結局俺はなにもせず、リオン一人で全滅させちまったがな！」

快活に笑うマーカスと違い、俺は正直引き攣《つ》った顔を表に出さないようにすることで精一杯だった。

というのも、顔を見ただけでは気づかなかったが、このフィーナと名乗る少女を俺は知っていたからだ。

——なんで天秤《てんびん》の女神アストライアの化身がこんなところにいるんだよ？

俺が転生した『幻想のアルカディア』というゲーム設定の背景には、古き神々の戦争がある。

この世界ができた当初から生きていた古き神々を旧神と呼び、彼らは己の存在をあらゆる生命の最上位と位置づけ、世界を支配した。

そんな傲慢《ごうまん》な神々に反乱を起こしたのが人間であり、そして彼らに力を貸す神々——現神たちだ。

現神たちは旧神たちを相手に人々とともに戦い、そして勝利して次の世界の支配者となる。

そして神と人が交わう新しい世を作ろうとした。

しかし旧神たちは裏切った神々を許さず、最後の力を振り絞って現神たちが地上にいられないようにしてしまう。

結果、神々は地上からすべて姿を消し、人間たちの戦争による支配の歴史が始まりかけ——それを憂いた現神たちが人間を依《よ》り代《しろ》として現界《げんかい》することで人々を導いた。

そしてフィーナは現神の一柱『天秤の女神アストライア』の依り代として原作主人公たちとともに旅をし、最終的に俺を滅ぼす存在である。

——よりによって最初に会う原作キャラが彼女とはな……。

俺は思わず現実逃避をするように窓の外を見る。

アストライアの力を得たフィーナはゲームにおいて圧倒的な性能を宿し、楽に攻略したいなら「主人公のカイルを外しても彼女は外すな」と言われるくらいの壊れっぷり。

基本的にはスポットでのみ参戦するだけのイベントキャラなのだが、ある条件を満たすと正式に仲間になり使用できるようになる。

ただしその条件が非常に厳しく、攻略サイトを見ながらでないと仲間にできない所謂《いわゆる》『二周目以降のお楽しみキャラ』なのだが……。

「どうされましたか？」

「いや……」

クリッとした瞳に優し気な風貌《ふうぼう》は、とても神々の力を得て猛威を振るう存在には見えない。

実際、今の彼女はまだ己の本当の力を知らないのだろう。

もし知っていれば、あんな盗賊たちなどに後れを取るはずがないのだから……。

「それでフィーナ、貴様はなんの目的で帝都に向かっていたのだ？」

今は帝都とは逆方向。元々俺とマーカスが向かっていた交易都市ガラティアに向かっている途中だ。

俺個人としては一度ガラティアに向かうのを止めて彼女を帝都に送り届けても良かったのだが、彼女が頑《がん》として断った。

まあたしかにマーカスも、それに馬車の御者にしても目的地から逆方向に進むわけにはいかないだろう。

帝都よりも交易都市ガラティアの方が近かったこともあって、フィーナは逆戻りとなるのだが、彼女に不満はないようだ。

「はい、実は先日起きた流星群に対して神託が下りまして……」

「なんだと？」

「どうされましたか？」

俺が彼女の言葉に驚き、質問しようと思っていたら隣に座っていたマーカスが先に口を開いた。

「神託って言えば聖エステア教会の聖女だけが受けられるやつだろ？　なんだフィーナ嬢ちゃん、お前聖女だったのか？」

「あ……」

創生の女神エステアを筆頭とした現神を信仰する聖教会。

その聖女と言えば教会の象徴として、一国の王族にも匹敵する権力を有している。

それにマーカスが驚いているのは分かるのだが……俺としてはなぜ神託から『流星群』などという言葉が出てくるのかがわからなかった。

あれは俺がテンション上がり過ぎてやってしまっただけで、『本来の歴史』にはなかった行動なのだが……。

「……」

「あの、いちおうお忍びの旅なので内緒にして頂けたら、その……」

「それは問題ないが、流星群がいったい――」

「なんで聖女様が護衛もなく一人で旅してんだ？」

俺の質問はマーカスによって遮られ、フィーナには届かない。

とはいえ、たしかに彼の疑問は分からないではなかった。

「その……神託では一人で旅して、流星群を起こした者を見極めよともありまして……」

「おお、なるほど。教会じゃ神託は絶対だって言うもんな」

「……」

待て、なぜそんな神託で彼女が北にやって来る？

本来ならこの時期の彼女は神託で『世界を救う運命の騎士』を求めて南に向かう途中だったはずだろう？

もちろん、破滅する未来はもう来ないため、彼女が南に行かないのは分かるが、だからといって——。

「あの流星群は自然現象だろう？」

俺が内心で顔を引き攣らせながら、恐る恐る尋ねると彼女は躊躇《ためら》うことなく首を横に振った。

「いえ、あの流星群は凄まじく強大な魔力によって引き起こされた『神にも匹敵する力を持った魔術師の仕業』だと神託ではありました」

「あれがか……マジかよ」

「……」

「それほどの力を扱う者を見極めること。それが私に与えられた神託になります」

これは、どう判断するべきか。

神に対抗できるのは神だけ。

破壊神クヴァールは神々の中でも最上位に位置する強力な存在で、普通の人間では勝ち目はない。

旧神を倒すためには主人公たちも現神の力を手に入れる必要があり、ゲームにおける旅の後半は強力な神々の歴史を紐解いてその力を得ていくためにあった。

そしてである。すでに破壊神クヴァールの復活を阻止した今、俺は世界最強の魔術師であり、この世界に脅威はない。

――現神という存在を除いて。

現神は俺という存在を知り、そして脅威度を図ろうとしている。

せっかくあらゆる不幸フラグを叩き折ったというのに、ここにきて新しいフラグなどいらないのだ。

よって俺が選ぶ選択肢は一つだけ。

「そうか……私たちはこのまま南に進み、グラド山脈へと向かうから助けてやれない」

「だな。それに神託にも一人でって言うなら、俺らが護衛についてやるわけにいかねぇし」

「そのお言葉だけで十分で――」

俺たちが彼女に付いて帝都まで行けないことを伝えると、彼女は微笑み、不意に言葉を切った。

そして瞳の焦点が合わなくなると、そのままどこかここではない場所を見ているような雰囲気になり――。

「これはまさか……神託だと？」

「え？　アストライア様、つまりこの方が……？」

おいアストライア。なにこのタイミングで出てきてるんだ？　やめろ、嫌な予感しかしない――。

「神託が下りました」

「そうか。しか神託はあまり人に言わず、心に秘めた方が――」

「リオン様。我が神は貴方に付いて行くように、とのことです」

真っすぐに、空色の瞳で俺を見る少女は聖女という名に恥じない姿だった。

こんな彼女を見て、駄目だと言える雰囲気ではなく、しかしそれでも危険だと思った俺は――。

「そうか。神託なら仕方ないな……」

この少女と敵対したとき、俺は死ぬ可能性が頭を過《よぎ》ってただ頷くのであった。

第二章　古代龍レーヴァティン

交易都市ガラティアは帝都グランバニアと帝国中の都市を結ぶ重要拠点の一つである。

帝国は大陸最大の軍事国家。

しかしその帝都は大陸の最北に存在するため、この都市無くては物流は成り立たない。

そんなこともあり、ガラティアは大陸中からの人や物で溢れ、活気に満ちていた。

街に着いて一息吐くため、マーカスの勧めで冒険者ギルドに入る。

中に入ると、いかにも屈強そうな男たちが一瞬俺たちを見るが、すぐ隣にいるマーカスが目に入り視線を逸らした。

どうやらこの男、冒険者ギルドの中でも有名らしい。

冒険者たちに絡まれないのはいいことだ。

ギルドには酒場が併設されており、適当な席に着いて料理を頼む。

しばらくすると、エールやジュースが先に来ていたので一口飲んだ。

「さて、これからどうする?」

「どうするっても、まあ俺は当初の予定通りグラド山脈に行くつもりだが……」

そこでマーカスは言葉を切り、同じテーブルに座ってジュースを飲んでいる聖女を見る。

俺も同じくフィーナを見続けると、今度はやってきたハンバーグを見つめて瞳を輝かせていた。

「んー!」

一緒に置かれたナイフとフォークを丁寧に使いながら、その小さな口からは想像もできない勢いで食べていく。

そして野菜を食べて、またハンバーグへ。少し落ち着いたらジュースを飲み、再びハンバーグ。

頬に手を当てて幸せそうにする姿は、周囲の人々を見ているだけで幸せにしてしまいそうだ。

……美味しそうに食べるな。

「……とりあえず、俺らも食うか」

「ああ」

彼女をどうするかというのは、また後で考えればいいだろう。

そうして俺たちが注文した料理を食べると、たしかに美味しくすぐに完食してしまった。

「さて……それじゃあ改めて、これからどうするかだったな」

「私としては貴様に付いてグラド山脈の火竜とやらを見に行きたいところだが……」

「普通は見学しにくるようなとこじゃねぇんだが……まあお前なら大丈夫だろうなぁ」

元々俺の実力を見抜いていたマーカスだが、少しだけ言葉を濁す。

理由は俺の隣で自信満々にしているフィーナの姿だ。

「リオン様は我が神に認められるほどですからね。ところで火山帯に行くにはどういったものが必要となるのでしょうか？」

「「……」」

当然のようについて来ようとするフィーナに、俺たちは少しの間無言となる。

まず前提として、フィーナは弱い。ただの盗賊に襲われるほど弱い。

原作のゲームであればレベルアップがあり、新しい技や魔術を覚え、そしてなにより『天秤の女神アストライア』の力を使えるようになる。

いずれはラスボスであるシオン・グランバニアを除けば世界最強の実力者になるのだが、そもそも原作開始はまだ先の話。

主人公たちと旅を続ける過程で強くなっていく彼女は今、聖女として祀《まつ》り上げられているだけの、か弱い少女でしかないのだが……。

「本当に付いてくるのか？」

「もちろんです。神様がそうすることで世界は救われるとおっしゃるので」

聖女にとって神託というのは、まさしく絶対の言葉。

それは理解できるのだが、アストライアはなにをもって彼女を俺の傍に付けるのだろうか？

「世界が救われる……か」

どういう神託を受けたのか細かいことは教えて貰えず、『ただリオン様に付いて行くだけ』とのことだが……どうにも彼女は俺を主とでも扱う様に接してくる。

最初は命の恩人だからだと思っていたのだが、マーカスとの対応の差を考えるとやはり神託の内容が理由だろう。

そこを教えて貰えないのは、神の意思。

であれば、これ以上追及しても意味はない。

「どうするよ」

「まあ、どうしても私に付いてくると言うのだから仕方ない。許可をした以上、私が責任をもって守るさ」

「そうかい。いちおう言っておくが、グラド山脈はAランク以上の冒険者推奨だぜ」

「誰にものを言っている?」

俺の実力を肌で感じているマーカスは肩をすくめて不敵に笑う。少なくとも、Aランク冒険者程度ではないことは気付いていているだろう。

「グラド山脈……」

帝王学を学んできた俺は、この大陸の地理程度はだいたい頭に入っている。

グラド山脈はこの交易都市ガラティアから少し西に広がる広大な山脈地帯だ。

竜の巣とも呼ばれており、古代龍が封印されている場所でもある。

「へぇ、あんな辺鄙《へんぴ》なとこなのにずいぶんと詳しいじゃねえか」

「あそこは……特別な場所だからな」

グラド山脈は『幻想世界のアルカディア』にも登場する、重要な場所だ。

原作ではここで封印から復活した古代龍と戦うことになる。

そこで勝利すると仲間になり、主人公たちを背に乗せてラストダンジョンである帝国に乗り込むのだ。

最終決戦に向かうシーンだけあってアニメーションにも力が込められていて、俺も胸が熱くなったのをよく覚えている。

——まあ、今はまだ封印されているし、古代龍と会うことはないが……。

「そういやリオン。お前冒険者ギルドには登録してるか？」

「いや、していないが」

「だったら今しとこうぜ。グラド山脈まで行くのは問題ねぇが、その奥の火山帯に入るには冒険者の資格がいるからな」

それだけ言うとマーカスが立ち上がり受付に向かう。

周囲の冒険者を見ると、彼を目で追っている様子。

それほどの実力者なら俺の耳に入ってきてもおかしくないのだが、帝国貴族は冒険者たちを下に見る傾向がある。

強い騎士の噂はすぐ回って来るのに強い冒険者の情報はあまり入ってこないことが多いのは、貴族の見栄だろう。

「リオン様が冒険者になるなら、私もなります」

「そうか、好きにするといい」

「はい！」

馴染みの受付なのか、マーカスはカウンターで俺たちを指さしながら何かを説明していた。

しばらくしてこっち来いと手でジェスチャーしてくるので、その通りに動く。

「このお二人を登録するのですね？」

「おう、頼むぜ」

「わかりました……さてお二人とも、ギルドのことについてはご存じですか？」

「ああ」

「えっと……」

ギルド自体はゲームにあったため、俺はその知識を思い出す。

登録することで冒険者と呼ばれる職業に就くことができ、そしてクエストを達成することでお金やイベントアイテムを手に入れることができるシステムだ。

原作では物語自体に直接かかわってくるクエストはないのだが、その代わり仲間キャラの過去に関わるストーリーや、特別なアイテムを手に入れるためなど、やりこみ要素的な部分である。

とはいえ、それはあくまでゲームの話。

ゲームではランクなどはなく、先に進めば進むほど難易度の高いクエストが増えていくだけだったが、現実はそうじゃない。

FからSまでランク分けされた冒険者たちが、日々雑用や魔物の討伐、それに未開の地の開拓などをこなしていく。

誰でもなれる分、治安的な部分はあまりよろしくない職業ではあるらしいが……。

「それではこちらがFランクのギルドカードになります。これからたくさんのクエストを受けて、どんどんランクアップを目指してください！」

「ああ」

「ありがとうございます！」

簡単な受け答えで俺たちが知識を持っていることを理解した受付嬢はカードを取り出すと、俺とフィーナに手渡してくる。

まさかこの受付嬢も、今目の前にいるのがこの国の前皇帝と、大陸中に広がる教会の聖女とは夢にも思っていないだろう。

「お揃いですね！」

「そうだな……」

満面の笑みを浮かべてくるフィーナを横目に、俺は自身のギルドカードを見た。

そこにはFという文字が記載されていて、一番下のランクだと改めて思う。

「ふむ……」

別に冒険者になりたかったというわけではない。

この世界を自由に見て回りたいだけだ。

しかしこの世界を全力で楽しむと決めたからには、自然の流れに身を任せるのも悪くはない。

「どうせなら、Sランクを目指しながら旅をするのも悪くはないな」

そんなことを思いながら、ギルドを出るのであった。


交易都市ガラティアから半日ほど馬車で進んだ先にグラド山脈はある。

強力なモンスターたちが跋扈《ばっこ》し、大陸随一の精強さを誇る帝国騎士団ですらおいそれと手を出せない危険地域。

普通なら死を覚悟するような場所ではあるが——。

「ふっ……」

「おいリオン！　気をつけろバジリスクだ！」

「ば、バジリスク⁉」

マーカスの声に、フィーナが怯えたような声を上げる。

彼らの視線を追いかけると、のしのしと歩く、トカゲとワニの中間のような魔物がこちらを見ていた。

バジリスク……Aランク指定された魔物であり、ゲームでも強力な石化攻撃を放ってくる強敵だ。

「やべぇ！　全員避けろ！」

マーカスが焦った声を上げたのは、バジリスクが縦に長い大きな口を開いたから。

そして、問答無用で石化の属性を備えた光線を放ってきた。

「ふっ。その程度の攻撃が、私に通用すると思うなよ？」

片手を前に出し、魔術障壁を生み出す。

バジリスクの放った石化光線とぶつかるが、障壁には罅《ひび》一つ入らず、そのまま魔力切れで光線が途切れていく。

「まあ、こんなものか」

か細くなった光線が消えていくと同時に小さな魔力球を生み出してバジリスクへ飛ばす。

それは目にも止まらない速度でバジリスクの体を貫き、即絶命させた。

「さて、それでは先に進もう……ん？」

言葉を切ったのは、岩場の影から続々と現れる魔物の群れに気付いたからだ。

先ほどのバジリスクだけではなく、トロール、マンティコアなど、この山にいる様々な魔物が纏めてやってきたのではないか、という大群。

「おいおい、マジかよ……」

「これは珍しいことなのか?」

「珍しいどころか、ありえねぇって」

何度かグラド山脈に来ているマーカスが、顔を引き攣らせながらそう答える。

俺は改めて見渡すと、ゲームでも登場した魔物たちが俺たちを喰らおうと囲んできた。

「そうか」

ゲームで見た光景を実際に体験していることに、内心でテンションが上がっていた。

正直言って、今めちゃくちゃ楽しい!

「ならば、楽しまなければな!」

俺は一気に魔物の群れへと駆け寄ると、まずは一発トロールを殴り飛ばす。

首から上がはじけ飛びながら、吹き飛んだ巨躯が他の魔物を巻き込んでいった。

「次は貴様だ」

近くで俺を石化させようとしているバジリスクがいたので、その尻尾を掴む。

ちょうどマンティコアが噛み砕こうと襲いかかってきていたので、そのままバジリスクを鞭のようにしならせて吹き飛ばした。

「意外と悪くない」

一発で壊れてしまうかと思ったが、バジリスクの皮膚はかなり頑丈だったらしい。

すでに本体は絶命しているが、もうしばらく使えそうだ。

バジリスクを引きずりながら一歩前に出ると、魔物たちが恐れを抱いたように一歩あとずさる。

まあ今更、逃がす気などないわけだが……。

そして、しばらく蹂躙《じゅうりん》をしていくのであった。

「す、すごい……」

「……なんてやつだ」

すでに周囲は魔物たちの死骸の山。

近づいて来る魔物を倒していただけなのだが、フィーナは感心した様子で、そしてマーカスが引き攣った顔をしている。

誰の目も気にせず自由に戦えるなど久しぶりのことで、だいぶハイになってしまったらしい。

「少し、はしゃぎすぎたか？」

「ああ、だいぶな」

マーカスの力のない突っ込みを受けて、俺は少しだけ反省するのであった。

魔物の大群と遭遇したあとも、道中で魔物たちは現れる。

とはいえ、如何に危険地帯であっても俺の敵ではない。

「グラド山脈を進むのにこんな楽だったことはねぇな」

呆れたようにマーカスが歩いて来た道を振り返る。

そこには魔物の死体が列をなして並び、なにも知らない者が見たら新手の儀式かなにかだと恐怖を覚えてしまうだろう。

「この程度は児戯《じぎ》のようなものだ」

そう言いながら指先から飛ばす小さな光の魔力球。

最初にバジリスクを倒したこれは、シンプルかつ早く、威力は込めた魔力量に依存する魔術だ。

世界最強の魔力を持つ俺が使えば、大抵の魔物は一撃で死ぬくらいの威力を秘めていた。

ただ魔力の塊を飛ばしているだけなので、誰でも使えるというのは間違いないが、これを防ぐには相当な魔力障壁が必要となるだろう。

我がことながら中々エグい魔術を生み出してしまったものだ。

「さあ、どんどん行くぞ」

「リオン様、魔物の素材を取らなくてもいいのですか?」

「ん？　そうだな……」

普通の冒険者なら魔物から肉や皮をはぎ取って素材にしてギルドなどで売るらしい。

グラド山脈の魔物たちは強力な分、強い武器や道具の素材になる。

本来ならはぎ取って持ち帰るのが冒険者としての役目なのだが……。

「別に金に困っているわけではないからな」

「いや俺は小遣い稼ぎに来たんだが……」

「それより火竜だ。そもそも、こんなに持って帰れないだろう？」

少し不満そうなマーカスは、手に持っている魔力袋を見て少し葛藤している。

それなりの容量が入るそれも、竜のような魔物の素材を入れようと思えば他の物を入れている余裕はないらしい。

「わかったよ。こいつらは諦める」

「そうしてくれ。それより私は早く竜が見たいのだ」

魔物の素材をはぎ取りながら進んでいては、目的の火山帯に辿り着くまでにどれだけの時間がかかるか分かったものではない。

魔術の鍛錬は続けてきたし、強くなるためにいろんな魔物を討伐してきた。

しかしである。実は未だに希少種である竜を俺は見たことがないのだ。

「やはりファンタジーと言えば竜だろう」

「リオン様は竜がお好きなんですか？」

「いや嬢ちゃん、これから殺しに行くのに好きも嫌いもねぇと思うが……？」

そんな風にグラド山脈を進んで、俺たちはそのまま火山帯へと入る。

山脈の麓《ふもと》あたりと比べて、魔物が少ない。

辺り一帯に溶岩が流れ、真っすぐ進むのですら困難。

「おいおいおい！　お前そっちは溶岩が――!?」

「リオン様⁉」

俺がそんな溶岩を無視するように真っすぐ進んでいるからか、二人から悲鳴のような声が上がった。

「心配するな」

世界最強の魔術師を自称するのが伊達ではないことを教えてやろう。

俺は水たまりに踏み込むように、極々自然に溶岩へ足を突っ込んだ。

「「っ――⁉」」

魔力を身体に覆わせるだけの一般的な魔術だが、俺が使えば溶岩地域だろうと、極寒の土地だろうと、竜のブレスだろうと快適な場所に変わる。

溶岩など俺にとっては水と同じ程度の障害でしかないと言うことだ。

「どうだ？」

俺が自慢げに笑うと、マーカスは引き攣った顔をしていた。

「……いやいや、そうはならんだろ普通」

「リオン様……凄いです！」

「嬢ちゃんも結構ズレてんな」

しかし溶岩には初めて入ったが、意外とスライムみたいにぬるぬるしていて楽しいかもしれない。

今度溶岩の中で泳いでみるのも楽しそうだ。

そんなふうに遊びながら火山帯を進んでいくと、遠くから竜の咆哮《ほうこう》が聞こえてきた。

どうやらだいぶ近くにいるらしい。

「さぁて、ようやく本番だぜ。なんかここまで来るのにどっと疲れたがな！」

「私のおかげでだいぶ楽をしただろう？」

「その分ツッコミ疲れたんだよ！」

まあ確かに、俺の力はもはや人外の領域に足を踏み入れているし、一般的な感覚を持っていればそうなるか。

とはいえ、これでもまだ常識の範囲内で手加減はしているのだが……。

そんなことを思いながら見上げると、火山帯の空は真昼間だというのに溶岩の光を反射して深紅に染まっていた。

小さく見える無数の黒い影は――。

「あの、リオン様……あれ、なんか多くありませんか？」

「そうだな。優に百は超えているように見えるが、これはまさか……？」

「おいおいおい⁉　なんで火竜があんなに⁉」

マーカスが焦ったような声を上げているが、俺は別のことを考えていた。

火竜の大量発生。

この現象を俺は知っている。

しかしそれはあり得ないはずだ。なぜならそれが起きるのは、『未来』の話なのだから。

「ちぃっ！　あいつらこっち目掛けてきやがる！」

「元々火竜を討伐しに来たのだから問題ないだろう？」

「数が問題なんだよ分かれって！」

これは――本来主人公たちが最終決戦に向かう前にグラド山脈で起きるイベントの一つ。

「くそ！　ここで逃げたら街が……やるしかねぇか！」

「神様……いざという時は……」

二人が覚悟を決めた様に空を見上げ、武器を構えた。

どうやら逃げるという選択はないらしい。

火竜を討伐するにはAランクの冒険者が複数人必要だと言われている。

それに対して空を飛ぶ火竜の数は百以上。

「ふっ……」

普通なら絶望的な光景だろう。

それでも心が折れずに立ち向かう姿を見せる二人の姿は――。

「まるで英雄のようだな」

物語の主要人物であるフィーナはまだ分かる。彼女の心の強さはずっと画面の前で見てきた。

しかしマーカスはゲームには登場しない存在。

そんな彼もまた、自分たちの背後にいるであろう人々を守るために命を懸けて立ち向かおうとする。

「素晴らしい」

物語を紡ぐ英雄、そしてそれを支える者たち。

そんな世界のすべてを今、俺は全身で感じられていた。強き魂の輝きを見た！

これだ、これが見たかった！　これを感じたかった！　だから俺はずっとこの『幻想のアルカディア』に憧れてきたのだから！

俺は今、最高に気分が高揚している！

「く、くくく、くはははははは！」

「お前……？」

「リオン様？」

突然笑い出した俺に対して二人が怪訝そうな表情をする。

この絶望的な光景に気が触れてしまったとでも思っているのかもしれない。

そんな無礼な思い、しかし許そう！　なにせ彼らは今、俺を心の底から楽しませてくれているのだから！

「貴様らに見せてやろう。我が力の一端をな！」

俺はずっと抑えていた魔力を開放する。

同時に周囲の空間が歪み始めた。

「こ、この強大な魔力は……」

「っ――？」

突然現れた圧倒的な魔力の奔流《ほんりゅう》に二人が驚く。

二人に軽く視線だけを向けた俺は不敵な笑みを浮かべると、天に向かって手を上げ、金色に輝く魔法陣を生み出した。

それは徐々に大きくなりながら俺の手を離れ、天へと昇って行く。

「さあ、消え失せろ塵芥《ちりあくた》ども」

空を覆う巨大な魔法陣。そこからバチバチと魔力が渦巻きだし、そして――。

「『メテオスウォーム』」

無数の巨大な隕石が空から落ち始め、火竜の大群は逃げ場などなく、次々と撃墜していく。

その光景はまるで世界の終焉《しゅうえん》のようで、恐ろしさと同時に美しいものだった。

俺は今、この世界のすべてを壊し、そして愛している。

ああ……これこそが私《俺》の求めていた――。

「終わったぞ」

「……」

「……」

呆気にとられた顔をしている二人に対して、俺は当然という風《ふう》な態度を崩さない。

とはいえそれも仕方がないだろう。

もはや火山帯の地形は大きく姿を消していて、先ほどまで見えていた山々の一部が完全に失われていた。

少しテンションが上がり過ぎて、やり過ぎたかもしれない……。

『ヴオォォォォォォォォ――!!』

そんな風に反省していると、遥か遠くから巨大な咆哮が天を貫いた。

それに込められた魔力は、先ほどの俺が生み出したものに匹敵する。

「っ――――!?」

「ああそうか……やはりそうだったのか」

火竜が大量発生するということはつまり、『奴』が復活したのだ。

だとすれば、向かわなければならないだろう。それもまた、俺の望みの一つなのだから。

「それに、歴史が変わったとしたらそれはきっと、俺のせいだろうからな」

ゆっくりと、まるで散歩をするように俺は歩く。

そこで待っているであろう、数千年の時を生き、かつて神々と戦った誇り高き『龍』の下へと。

グラド山脈は別名龍の巣とも呼ばれている。

その理由は古代龍が棲むと言われているからだが、それは決してただの噂話ではない。

このエステア大陸ではかつて旧神と現神の陣営に分かれて戦争が起きていたが、龍は神に匹敵する力を持った種族。

神たちが支配をかけた戦いに対して、龍はどちらの神も傲慢だと言い放ち、両陣営に襲い掛かった。

単体としては最強の種族である龍であったが、神々とは異なり群れを作ることを好まず個で戦う者ばかり。

そのため神には勝てず、そのほとんどが殺され、ごく一部残った者も封印されることになる。

「そうして龍は滅びた」

俺は浮遊魔術で空を飛び、地上から百メートルほどの高さにいる。

何故そんな場所にいるのか、それは――。

『我らは滅びてなどいない！』

そこまで上がらなければ、この巨大な『龍』と会話ができないからだ。

「ほう。だが私が知っている限り、龍という種族はもうこのエステア大陸には存在しないが？」

『眠っているだけだ！』

「目覚めぬ眠りなど、死と同義だろうに」

古代龍レーヴァテイン――かつて古の戦争において旧神である破壊神クヴァールと対立し、敗北した最古の龍。

血のような深紅の鱗《うろこ》に覆われ、大きく伸びた翼と尻尾は太陽を彷彿とさせる強力な炎を纏っている。

この龍が放つ獄炎《ごくえん》は世界すら滅ぼすと謳われ、実際に多くのプレイヤーが初見では一撃で全滅させられるほどの出鱈目《でたらめ》っぷり。

一撃の攻撃力だけで言えば、作中のシオン・グランバニアすら超えている最強クラスの存在で、本来この龍を倒すためには神の奇跡が必要だ。

そんな存在と向き合った俺のテンションはというと、原作を体験できていることで最高潮となっていた。

「古代龍レーヴァテイン。破壊神クヴァールに敗北して封印された貴様が、なぜ今目覚めている」

本来、古代龍レーヴァテインが復活するのは最終決戦の直前のはずだ。

突如発生した竜の大群。

その理由を解明し、解決するためにグラド山脈へ向かった主人公一行と復活したこの龍が戦うことになる。

神を嫌い、滅ぼしたいと思っているため主人公たちの身に宿る神たちすら許さなかったが、それでも最も憎いと思っていたのは破壊神クヴァール。

やつと戦うために旅をしていると知ったレーヴァテインは、そのまま仲間になるのだが——。

——いくらなんでも、封印が解けるのが早すぎないか？

たしかに復活の理由までは描写されていなかったが、まだ原作すら始まっていない。

こんな時期にこの龍が復活してしまえば、帝国が滅んでしまうではないか。

『神の力を感じた！　あの傲慢な神々め！　我らを差し置いて世界を支配しようなどとは言語道断！』

「神の力……」

俺は思わず地上でこちらを心配しているであろう一人の少女を見る。

『天秤の女神アストライア』の依り代としてともに来た少女。

「なるほど」

『喰らってやる！　神々の系譜はこの地上からすべて消滅させてやる！』

そういえばフィーナは原作で仲間にできなくても、この最終決戦直前ではお助けキャラとして一緒に行動していたな。

つまり今も、そして原作でも彼女がこのグラド山脈に近づいてきた気配を察知し、怒りで復活したということか。

「まったく、ずいぶんとガバガバな封印ではないか」

『貴様からも神の残滓《ざんし》を感じるぞ！　しかもこれはまさか……貴様クヴァールの？』

「あんなものと一緒にするな」

『死ねぇぇぇぇぇぇぇぇぇ!!』

原作ではもっと理知的な存在だったはずだが、封印から解けたばかりだからか周囲の状況も把握することなどせず、ただ怒りに我を忘れたように攻撃を仕掛けてくる。

口から放たれた獄炎のブレスは一つの街すら飲み込むほど強力で、普通の人間なら跡形も残らないだろう。

だがしかし、俺は『シオン・グランバニア』。

世界を滅ぼす破壊神クヴァールすら飲み込んだ、世界最強の魔術師である。

「……こんなものか？」

『な、なんだと？』

薄い球体のバリアを張った俺は、炎の中から無傷で生還し、そして古代龍レーヴァテインを見下す。

「どうしたレーヴァテイン。この程度では、私は殺せんぞ？」

『おのれぇぇぇ！　ならばこれでどうだぁぁぁぁ！』

レーヴァテインの口から先ほどのブレスとは違う、指向性を持った深紅の光線が俺に迫る。

本来これは彼《か》の龍が追い詰められたときに放つ、破壊の一撃。

多くのプレイヤーたちがあと少しというところでこの閃光にやられ、やり直しをさせられたものだが——。

「それでは力比べといこうか！」

レーヴァテインの放つ光線に掌を向けて、黄金の魔力を圧縮していく。

その黄金は徐々に黒い闇に覆われ始め、黒球となった魔力が光線とぶつかり合った。

『ウヴォォォォォォォォォォ！』

強大な魔力のぶつかり合いに周囲の空間が大きく歪む。

レーヴァテインの光線が俺の魔力球を中心に拡散していく。

それに対して黒球は止まることなく、まっすぐレーヴァテインに近づいて行った。

『ば、馬鹿な？　あり得ない！　我は古代龍レーヴァテインだぞ！　だというのに——!?』

「理解できないか？　己の力が最強だとでも思ったか？　ならば現実を知るといい。この身は貴様が敗北した邪神すら飲み込んだ存在であり、貴様の知る世界よりも遥か上位の存在だということをな！」

そうして黒球がレーヴァテインに触れる。

ただそれだけで凄まじい衝撃を彼の龍に与え——。

『ガァァァァァァァァ!?』

そのまま大きな悲鳴を上げて地面に落ちていった。

それを追いかけ、龍の頭の上に着地し、どちらが上位者であるかを示す様に見下す。

『グゥ……こんな、ことが……』

「ふっ、これが実力の差だ。さて、決着はついたわけだが」

『殺せ！　このまま生き恥を晒《さら》すくらいなら――』

「貴様が簡単に死なないことは知っている」

『っ――？』

このレーヴァテインに限らず、龍というのはそう簡単には死なない生き物だ。

たとえ一度死んだとしても、時間をおけば復活する。

神ですら封印せざるを得なかったのはつまり、滅ぼすために多大な力が必要だから。

それは今の俺ですら厳しいのだから、それでも滅んだ龍というのは複数の神々によほど危険だと認識された者たちだろう。

逆を言えば、今生き延びて封印状態で収まった龍たちは、神々にとって『問題ない』と判断された存在と言ってもいい。

「さて、とはいえ当然、滅ぼせないとは言わない」

『ぐっ！』

俺の言葉が嘘ではないと感じ取ったのだろう。

レーヴァテインが呻くような声を上げ、恐れを隠すように身動きする。

一つだけ言っておくと、俺は別にこの龍に恨みがあるわけでもなければ、敵対したいと思ったわけではない。

ただ、だからといって攻撃してきた以上は敵であり、ケジメが必要だと思う。

「一つ、選択肢をやろう」

『選択肢、だと？』

「ああ。私は敵にはどこまでも残虐になれる自信があるが、そうではない者には寛容だからな」

そうして俺はレーヴァテインの頭から降りると、その瞳を真っすぐ射抜く。

俺たちの戦いの余波を受けないように遠くにいる二人を確認したあと、幻影魔術で隠していた『本当の姿』を見せた。

長い黄金の髪と瞳を持ち、黄金の君とまで呼ばれる美貌の持ち主であるシオン・グランバニア。

リオンの時とは比べ物にならない圧倒的な存在感をもって、地面に倒れるレーヴァテインを見下す。

『なんだと……貴様……その黄金の瞳は……』

「さあ、お前はどういう道を選ぶ？」

俺の問いかけに、この深紅の龍の選択は――。

「リオン様！」

「おいリオン、大丈夫か？」

俺とレーヴァテインの戦いが終わったことで、離れていたフィーナとマーカスの二人が駆け寄ってくる。

「ああ、問題ない」

「問題ないってお前……」

マーカスが信じられないような目でこちらを見てくる。もしかしたら、化け物とでも思っているのかもしれない。

とはいえ、それも当然だと思う。

俺と戦ったあの龍は、太古の時代に神々と覇権を争った正真正銘、世界の支配者となれる存在。

ただの人間がそれを討ち下したとなれば、内心では心穏やかになどいられないはずだ。

それに今回はさすがに力を見せすぎた。

まだ本気を出していないとはいえ、これではフィーナやその中に眠るアストライアも警戒して――。

「さすがリオン様です。我が神に選ばれた真の――」

「真の？」

「あ、いえ。なんでもありません！」

彼女は蒼銀色の髪をぶんぶんと横に振り、慌てた様子で何かを隠そうとしていた。

「……」

「な、なんでもありませんから！」

ジーと見つめると、困ったように半泣きになり、しかし俺を怖がる様子は見受けられない。

これ以上したらどうなるのだろうという悪戯心《いたずらごころ》が湧いてきて――下手に刺激をしたらアストライアによる死亡フラグが発生することを思い出して手を引いた。

――なにせ原作の俺の死因はアストライアによる魂の一撃だからな。

危うく自ら死ぬ可能性を拾いに行くところだった……。

せっかくここまで死亡フラグをすべて叩き折って来たのに、なぜ新しい死亡フラグを生み出そうとするのだ俺は。

「まあ貴様の神がなにを思っているのかは知らないが、私は特別なことをする気は一切ないぞ」

「え？」

「え？」

「なんだその反応は」

二人のそれはないだろう、という表情に思わず反論してしまう。

なんにせよ、俺はこれからこの『幻想のアルカディア』を全力で楽しむだけだ。

そのために世界を回っていろんなものを見て、体験して、感じ取って……。

この旅の過程で冒険者として大成してもいいし、なんなら成長前の主人公やヒロインたちに会ったりしてもいい。

俺はすでに運命の輪からは解き放たれ、自由に世界を見て回れるのだから。

「まあこれからも兄ちゃんが特別なことをしていくのは確定として……あのドラゴンはどこ行った？」

「……ああ、あいつならいきなり攻撃してきたことを反省して――」

「我ならここにいるぞ」

崩れた岩陰から声が聞こえてくる。それは先ほどまでの重厚感のあるそれではなく、可愛らしいもので――。

「まさか人間にここまでされるとは……もはや怒りを通り越して呆れてしまうわ」

岩場から出てきたのは、紅い髪を腰まで伸ばした少女。

その少女の登場に二人はまず呆気に取られて、そしてこのような危険地帯にいる少女が普通ではないことも理解しているため、戸惑いの表情に変わる。

「あのリオン様。この子は、えと……もしかして」

「おい兄ちゃん……さっき特別なことはしないって言ったよな？」

「……親戚の子だ」

「「……」」

おい二人とも、急に黙り込むなよ。そこで黙られたら俺もなにも言えないだろうが。

「まったくなにを揉めておるのだ主よ。さっきの龍だと説明すればよいだろうに」

「「……主？」」

「太古の昔に神と戦った古代龍が、こんな子どもになったなんてどう説明すれば良いと言うのだ。まして私に負けて自ら我が軍門に下ったなど、信じられるとは思えんぞ」

「いや主、今説明した通りのままだろう」

いやだから、そんな荒唐《こうとう》無稽《むけい》な言葉を信じるものがどれほどいるというのか。

「さて、そこの二人は主の仲間か？　なら軽く自己紹介をしておこう。我は古代龍レーヴァテイン！

かつて神々が大陸を支配していた時代、最後まで抗い続けた誇り高きドラゴンだ！」

その瞬間、まるでレーヴァテインの自己紹介を盛り上げるために用意された演出のように火山が大噴火。

「おっと、こんな姿ではあるが、それでも我は龍。敬意を忘れるなよ？」

小さな胸を張ってそう自慢気に話す姿は、子どもが一生懸命自分をアピールしているようにしか見えない。

「えっと……レーヴァテイン様、その姿は？」

「もともと古代龍はこうして人の姿を取って行動することは珍しくはない。主に負けた以上、この者の望む姿を取るのは仕方がないことだろう」

「それはつまり、嫌々ですけど主の命令は絶対と言うこと……？　つまりリオン様は、その……小さい子が好みなのでしょうか？」

「私は人間形態になれと言っただけで、子どもの姿になれと言ったわけではない」

だからフィーナ、俺をロリコンのように表現するのは止《や》めるんだ。

あと隣で変態を見るように引いているマーカス。貴様、あとで覚えていろよ。

「なんにせよ、我はこの男に敗北した。そして主と認め、今後は力を尽くして仕えることを決めたのだ」

「そうですか……あの神話にも登場するようなドラゴンを配下に……やはりリオン様は――」

ブツブツと呟くフィーナの態度が少し怖いが、しかしここはあえてスルーしておこう。

下手な藪《やぶ》をつついて蛇を出すのは、俺の信条に反するからな。

「それで主、これからどうするつもりだ？」

「ああ、まずは貴様の鱗をはぎ取って、それを冒険者ギルドに売ろうと――」

「ぴえ⁉」

冗談のつもりで言った言葉だが、レーヴァテインは本気にしたらしく思い切り遠くに逃げだした。

「冗談だ」

「主が言うと冗談に聞こえないから勘弁してくれ！」

たしかに彼女の鱗を売れば一気に億万長者だろうし、Sランクの冒険者にもなれるだろう。

しかし俺はこの世界を楽しむのに、結果だけを求めているわけではない。

多少の不自由があろうと、その過程を含めてすべてを愛したいと思うのだ。

だからこそ一足飛びに答えだけを手に入れるようなやり方を好んで行おうとは思わなかった。

「とりあえず、帰りに落とした火竜や魔物たちの素材があるだろうから、それを拾いに行くか」

「んじゃま、それは俺がやるわ。ここに来て、ほとんど戦闘もしてないし付いてきただけになっちまったからな」

本来はマーカスが主体となって動くべきところを、つい興奮して前面に出てきてしまった。

これは反省しなければ……。

「よし、それでは交易都市ガラティアに戻るぞ」

「はい！」

そうして俺たちは、大量の素材をそれぞれ抱えながら街に戻るのであった。

交易都市ガラティアに戻った俺たちは、手に入れた素材を換金するためギルドに向かう。

火竜の素材は俺のせいで取れなかったが、それでもグラド山脈の魔物たちは強力だ。

それに傷の少ない綺麗な素材ばかりのため、相当な額になることは想像できる。

しかしよく考えれば、Fランク冒険者がそんなものを出せば場が混乱して厄介事が起きる気しかしないな。

「まあこれくらいは任せとけ」

というわけですべてマーカスに押し付け、フィーナとレーヴァを連れて街を散策に出てきたのだが
——。

「この街には治安を守る者はいないのか？」

足元に倒れている男たち。

フィーナに声をかけて絡み、そしてレーヴァによって打ち倒された残念なやつらだ。

「ありがとうございます、レーヴァさん」

「うむ、貴様は人の中では見目麗しい容姿をしているようだからな。これからも同じことがあったら我を頼るがよい！」

意外なことに、レーヴァはフィーナのことをすぐに仲間だと認めた。

たしか封印された神に恨みを持っていて、フィーナが近づいて来ただけで怒りから封印が解けたは

ずなのだが……。

「神は嫌いだが、我はもう主の物だからな。ならば、その傍にいる者を攻撃するわけにはいくまい」

「そうか」

意外と聞き分けがいいというか、俺の想像以上に割り切った様子。

俺を主として盛り立てようとしているのは伝わってくるので、褒美代わりに屋台で並んでいる焼き鳥を数本買って彼女に渡すと、嬉しそうに勢いよく食べ始めた。

「むっはー！　やはり人間が作るご飯は格別だのー！　これだから人間形態は止められんのだ！」

ただの焼き鳥でそこまで喜べるなら、こちらとしても省エネでありがたい話だ。

「ふふ、こうして見ると普通の少女ですね」

「まあ、中身は数千年生きた龍なのだがな」

俺の隣で微笑むフィーナを見て、ふと思うことがある。

ゲーム本編での彼女の年齢はたしか十八歳の設定だったはず。しかしこの道中で聞いた限りだと、彼女は十六歳。

聖女としてはまだまだ未熟で、本来ならまだ聖エステア教会で修業をしている時期のはずだ。

教会にとって神託はなによりも重要。

それゆえに彼女が旅立つには仕方がないにしても、このままでは原作に比べて成長しないのではないかと懸念があった。

「……いや、私はなにを考えているのだ？」

成長などしてしまえば、歴史の修正力かなにかで敵対することになったとき、俺が死んでしまうではないか。

むしろ成長しない方が俺にとっては都合がいいだろう。

そもそも、この世界の歴史はもうすべてが変わっている。

なにせラスボスにして世界の破滅を目指す男はもうおらず、それを先導する組織もほぼ壊滅状態。

これから起きるはずのほとんどの悲劇は起きることすらない。

つまり、この少女が強くなる必要もなければ、現神であるアストライアが出てくるような事態も今後は起きないということだ。

「そうなったら——」

……そうなったとき、この世界の主要人物たちはいったいどうなるのだろうか？

主人公であるカイルがいなければ、仲間たちは過去を乗り越えることができないかもしれない。

彼らにもそれぞれ乗り越えなければならない過去があり、それは仲間との旅を通して解決されてきた。

しかしそれは、俺という旅の終着点がいなければ、始まることすらないのではないだろうか……。

「リオン様？　少し顔色が悪いようですが、大丈夫ですか？」

「……いや、なんでもない」

関係ない。そう、関係ないのだ。

仮に現代でテレビに出てくる人が亡くなったからといって、自分のせいにする者などいないだろう。

それと一緒でゲームの主人公も登場人物も、俺からすれば遠い世界の人間でしかない。

俺は俺で、この世界を楽しむと決めた。

そして主人公であるカイルも、そして他の登場人物たちも己の人生があるのだから、そこに俺が干渉する必要などないだろう。

だがもし俺の起こした行動が原因で、彼らが過去を乗り越えられずに不幸になるというのであれば……。

——未来を変えた責任は取らねばならないな。

「……リオン様、少しあちらへ」

不意に、俺の手を握ったフィーナに引っ張られ、近くにあった噴水公園のベンチに座らさせられた。

フィーナは俺の隣に座ると、柔らかく温かい手で握り続けるだけでなにも言わない。

どうやら彼女は俺の考えを聞き出す気はないらしい。

俺にはそれがありがたく、その態度に甘えて空を見上げてみた。

「……」

青い背景に白い雲がゆっくりと流れ、たまに鳥たちがその光景を横切る。

瞳を閉じると、柔らかい風が肌を優しく撫で、遠くからは子どもの楽しそうな声がはっきりと感じられた。

ただただ穏やかな時間。

こうしていると、この世界がゲームの世界だとはとても思えないな……。

もちろんここが『現実』であることはこの十八年で理解していたが、それでもどこか違うのだという意識があったのかもしれない。

目を開くと、俺を見て微笑む少女。

「少しは楽になりましたか？」

「そうだな」

思えば、フィーナは本来の歴史では最期、ラスボスである破壊神クヴァールを倒すために命を落とす運命だった。

彼女とアストライアが魂を代償にした結果クヴァールは滅び、世界は平和になるわけだが……。

「……フィーナ、お前に聞いてみたいことがある」

「はい、なんでしょうか？」

「もしも……自分が死ぬ運命だと知っていたら、お前はどうする？」

「それはもちろん、死なないように運命に抗《あらが》います」

そうだな、それが普通だろう。俺もそうしてきた。だが――。

「抗った結果、世界を滅ぼすことになったとしてもか？」

俺の言葉の意味は理解できないだろう。

だがそれでも真剣に聞いていることが伝わったのか、彼女は一度黙り込む。

「それでも、抗うと思います。だって私は、死にたくありませんから」

「……そうか」

だが俺は知っている。彼女は己の命を犠牲にしてでも、世界を守れる人であることを。

俺がこの世界に生まれたことで、破壊神クヴァールが復活することは二度となく、彼女の命が失われることもなくなった。

「そうか……死にたくないか」

「はい。たとえ世界が滅びようと、私は生きたいです」

俺は俺のために運命を変えた。

もしかしたらそれにより、本来あり得た誰かの幸せを奪ってしまったかもしれない。

だが代わりに、この隣で微笑む聖女を助けることができたのであれば、それはきっと間違いじゃなかったと思えた。

「あ、でもリオン様は私の命の恩人で、神様に認められている方なので……もし貴方が死ぬようなことがあれば命を懸けて守りたいとは思います！」

たかだか一回、盗賊から助けただけでずいぶんと慕われるようになってしまったものだ。

むん、と細腕で力いっぱい拳を握る姿はどこか愛らしく、おかしいものでつい笑ってしまう。

「ふっ、その心配はない。私は誰よりも強いからな」

「……ふぁぁ」

「どうした？　顔が紅いが……」

「ななな、なんでもありません！」

「そうか」

なんとなく、心が軽くなった。

多分ずっと理解していて、見てみぬふりをしていたことに気付けたからだろう。

さすがは聖エステア教会の聖女。懺悔《ざんげ》を聞くのもお手の物だな。

なんにせよ、もう迷いはなくなった。

俺のしたことは、元々俺が死なないために動いてきたこと。

だがその結果目の前の少女を救うことにも繋がったのだから、それでいいだろう。

「おーい主！　次はあれを食べても良いかー!?」

「レーヴァさんが呼んでいますね」

「まあ適当に金は渡しているから、好きにさせたらいいさ」

ベンチから立ち上がり、そして改めてこの美しい世界を見る。

空も、雲も、街の景色も、まだまだこれから起きるであろうたくさんのイベントも、すべてを楽しもう。

「私たちも行くか」

「はい、どこまでも付いて行きます！」

今の私は、過去に縛られるような存在ではないのだから。

第三章　エルフの少女アリア

本来の歴史では『幻想のアルカディア』のラスボスとして君臨するはずだったシオン・グランバニア。

しかしどういうわけか、俺という現代日本に住んでいた平凡なサラリーマンの魂が転生してしまった。

当然ながら、最終的に主人公たちに負けて死ぬ運命など認められるわけない。

そのため赤ん坊の頃から文字通り死ぬ気で鍛え続け、そしてゲームの知識を思い出しながら自分に降り注ぐ『破滅フラグ』をすべて叩き折ってやった。

そして十八歳になり、俺はついにラスボスになる運命から逃れることになり、こうして自由を得たのである。


交易都市ガラティアを拠点としているマーカスは、今後もこの辺りで活動をするらしい。

それに対して俺はこの世界を見て回りたいと思っていた。

当初の予定とは多少違ったが、火竜見学を終えた以上この街に留まる理由もない。

「じゃあリオン、お前に心配なんて必要もないと思うが、元気でな」

「ああ、貴様もな」

旅の共はフィーナとレーヴァの二人。

マーカスと別れ、俺たちはそのまま再び南に進んでいく。

レーヴァの背に乗ったり、俺が魔術を使えばすぐに次の街に辿り着けるのだが……。

「まあ、それでは情緒の欠片《かけら》もないからな」

俺はこの世界を知りながら楽しむと決めた。

だからこそ一つ一つ、小さな村などを経由していくことで、この世界を知っていくつもりだ。

「ずいぶんとあっさりした別れだったが、良かったのか主？」

「出会いも別れも、一時の縁。そしてその縁がより深まれば自然と結び合い再び出会うこともあるだろう」

レーヴァの言葉になんとなく厨二的に返してやると、案の定というか彼女は首をかしげている。

数千年も生きていると、そのあたりもわからなくなるのだろう。

「我にはわからん感覚だ」

「再び人と交わっていけば、自然とわかるようになるさ」

「そんなものか……」

それからいくつかの村を経由していき、旅を進めていく。

帝国の南方にある小さな街に到着した俺たちは、しばらくその街で冒険者として活動することになった。

かつて帝国で一番の権力者であったのが嘘のように、最下層に位置する生活を送るがそれもまた悪くはない。

今も見習い冒険者として薬草採取に勤《いそ》しんでいるところだが、楽しいとすら思えていた。

「あ、ありましたよリオン様！」

「お、我も見つけたぞー！」

「なんだと……」

俺はまだ見つけられていないのだが……？

二人に後れを取っている状況なのは悔しく思っていると、レーヴァがニヤニヤと笑いながら近づいてきた。

「んー？　どうやら主はまだらしいなー」

こいつ……！

「が、頑張りましょうリオン様！　すぐに見つかりますよ！　あ、また見つけた」

「我もだ」

「……」

街や村を渡り歩きながら、少しずつ冒険者として活動してきた俺たちはFランクから昇格し、Eランクになっていた。

最初は迷子のペット探しや屋根の修理など、ただの雑用しかできなかった俺たちだが、こうして薬草採取のクエストを受けられるまでになったのだ。

今回受けたクエストは薬師の婆さんに代わり、草原でいくつかの種類の薬草を手に入れてくること。

どれもゲーム序盤で手に入る、どこにでもある薬草のはずなのだが……どういうわけか俺の目には全く映らない。

だというのにフィーナもレーヴァも次々と背負った網カゴに入れていき、あっという間に目標数を達成してしまった。

つまり、クエストクリアである。俺はなにもしていないが。

俺は、なにも、していないが！

「ふふ、人の役に立てるのは楽しいですね！」

「フィーナよ、龍の我にその同意を求めるのは無理があると思うぞ」

草原からの帰り道、フィーナはとても機嫌良さそうに鼻歌を歌っていた。

どうやら聖女として、人の役に立つことが嬉しくて仕方がないらしい。

そういえばゲームでも、彼女は人助けができない時間が続くと機嫌が悪くなったりすることがあった。

フィーナにとって人助けというのは生き甲斐のようなものなのかもしれない。

「しかし……Eランクのクエストというのも、侮れないものだな」

「いや主……これくらいなら多分、子どものお使いレベルだぞ？」

「ほう、つまり私は子どものお使いもできない男だと？」

それは聞き捨てならないな。

この身は幻影魔術で姿を変えているとはいえ、大陸最強の魔術師であるシオン・グランバニアだぞ？

それが薬草採取一つできないなどと思われてはあまりに心外だ。

「よかろう、明日は私一人でクエストをこなそうではないか」

「なんというか、主は人として桁外れに強い分、なにかを置き去りにしているのではないかと思う。たとえば……運とか」

「やめてくれ」

運が悪いとか言うのは本当にやめてくれ。その言葉は俺の心に響く。

そもそも運が良ければこんな破滅フラグ満載のキャラに生まれ変わることなんてなかったし、これまでの人生で苦労だってしなかったはずだ。

「……」

「なんだ？」

「いえ、なんというか今のリオン様は……」

「普通の人間みたいだったぞ」

普段の魔王ムーブと違い素の俺が出たからか、フィーナとレーヴァが少し驚いた顔をしている。

別に肩ひじ張ってこの態度を取っているわけではなく、偉そうな態度はこの世界に生まれてから叩き込まれた帝王学のせいだ
それでもたまに、前世の影響もあって素の俺が出てしまうことはある。

——短い旅ではあるが、それでも彼女たちのことを仲間だと信頼し始めているからかもしれないな。

なんとなくそれは、嬉しいことのような気がする。

「ともかく、明日は私がやる」

「リオン様、少しだけお手伝いさせてもらえませんか？」

「駄目だ」

「でもそれだと……その、言い辛《づら》いのですが失敗するかもしれませんし」

「ほう……」

つまり、フィーナもまた俺が必要な薬草を見つけられないと思っているらしい。

なるほどなるほど。どうやら信頼しているのは俺だけだったらしい。

「絶対に、私がやる」

「……なんだか主、今までに比べてずいぶんと人間味が出てきたではないか」

「元々リオン様は人間味に溢れた人ですよ」

「いやフィーナよ、それはない」

とにかく、今日の分はすでにフィーナとレーヴァが集めてしまったので、俺は明日再び同じようなクエストに備えるべく周囲の様子を窺うと……。

「声が聞こえるな」

「え？」

「なに？」

「あっちだ」

俺が草原を走りその奥にある森の方まで出ると、複数の人間に囲まれた少女が見える。

「あれは？」

「人攫《ひとさら》いか？　人は人同士で無意味に争って……いやあれは……」

「長い耳、独特の衣装……あれは、エルフだな」

森の奥に住む種族で別名妖精族と呼ばれる彼女たちは、滅多に人里には現れない。

長い寿命を持ちながらも、特殊な結界で守られている里で過ごし、その生涯を終えるのだ。

その理由として、エルフはとても美しく、そして奴隷として人気が高いため。

もちろん、ただエルフというだけで奴隷にすることなど許されないが、人の欲望というのは際限がなく、あらゆる絡め手で奴隷にしてしまう。

そうでなくても、あのように逸《はぐ》れたエルフを見つけた奴隷商人が無理やり襲うケースは後を絶たない。

――結局、この奴隷制度には手を出せなかったな……。

個人的には胸糞悪い制度だが、しかしそれが国を栄えさせ、国民を守っている部分があるのもまた事実。

奴隷という制度がなければ、最下層まで落ちた人間の権利は一切守られなくなる。

奴隷と主人という主従関係があるからこそ、人として最低限の尊厳が守られている部分もあるのだ。

「とはいえそれは借金であったり、犯罪を犯した場合ならだ」

見たところ、襲われているのは奴隷商人の馬車で、襲っているのは盗賊らしい。

自業自得とも言えるが、だからといって見過ごすわけにはいかないだろう。

すでに奴隷商人やその護衛たちは逃げていて、残っているのはエルフの少女のみ。

盗賊たちがエルフに手をかけようとしたところで――。

「そこまでだ」

「な、てめぇなに――うぉぉぉ!?」

盗賊が言い切る前に投げ飛ばす。

殺してしまってもいいのだが、前回と違って街も近い。

捕らえて憲兵に突き出した方が、冒険者らしいだろうという判断だ。

「な、なんだテメェ!?」

「ち、近づくんじゃねぇ!」

別の場所で略奪を行っていた盗賊たちも気付いて武器を構えるが、もう遅い。

たかが盗賊程度が俺の敵になるわけもなく、一気にその場を制圧してしまう。

「う、うぅぅ……つぇぇ……」

「バケモンだ……」

魔術で作り出した闇色のロープで拘束し、木に括《くく》りつけて呻いている盗賊たちを横目に、俺は襲われていた少女を見た。

肩まで伸ばした金髪に、翡翠《ひすい》色の瞳はとても美しい人形のようだ。

年齢は十五歳前後。

エルフは長寿であるが、それでも二十歳くらいまでは人間と似た成長を見せるので、おそらく見た目相当の年齢だろう。

少女は宝石のような瞳を丸くしながら、驚いている顔をしていた。

「大丈夫か？」

「あ……うん。えと、その……ありがとう」

「この国で奴隷狩りが行われているとすれば、私のせいでもあるからな」

「え？」

「なんでもない。無事なのであればよかった」

できるだけ彼女を怖がらせないように注意をしながら、外傷がないか注意する。

すると逃げようとしたときに擦りむいたのか、膝が少し剥けて血が流れていた。

「失礼する」

「ひゃ⁉　な、なにするの⁉　って、え？」

ほんの少しだけ彼女の膝に触れ、簡単な回復魔術を使う。

魔術の天才である俺だが、残念ながら回復魔術の適性は極端に低かった。

できることと言えばこうしたかすり傷を治すことくらい。

「これで痕は残らないだろう。もし他になにか怪我をしているのであれば、あそこにいる――」

戦いが終わったことを確認したフィーナたちが近づいて来た。

「あの少女に傷を治してもらうがいい。まだ未熟だが、私などよりもずっと凄い回復魔術の使い手だからな」

ほんの少しだけ、自分の関わる友人を自慢するように、俺はそう呟いた。

助けたエルフの少女はアリアと名乗り、奴隷商人に捕まった所をさらに盗賊たちに襲われていた状況だったらしい。

なんというか、ずいぶんと運の悪いエルフだな。

この運の悪さ、少しばかり親近感を覚えてしまう。

「ずいぶんと優し気な顔をしているな主よ」

「そうか？」

「ああ。主はこういうのが好みだったのか？」

フィーナの回復魔術で癒されるアリアを眺めていると、レーヴァがからかうように笑う。

別にそういう理由で見ていたわけではないのだが、面倒なので言い返さないでおこう。

「なんだかとても他人事には思えません」

「ん？」

「私もリオン様に助けられなかったら、盗賊たちの慰み者になっていたか、どこか遠くへ売り払われていたかもしれませんから……」

アリアの傷を治しながら語るフィーナもまた、帝都に向かってくる途中で盗賊に襲われていた。

たしかに帝国は弱肉強食というか、貴族たちの地位が高い分だけ平民の負担が大きい国だ。

俺が大部分を粛清《しゅくせい》したとはいえ、何百年と長く染み渡った風習を中々崩しきることはできなかった。

小さな村などでは極寒の冬を超えることができず、子どもを売り出す家も少なくはないこの国では、盗賊に堕ちる者も後を絶えないとはいえ……。

「さすがに多すぎるな」

こうして人攫いや盗賊に遭遇したのが偶然であればいいが、それにしては頻度が多すぎる。

どこか大規模な集団ができ上がっているのかもしれない。

「クーデターの芽は潰しておいたはずだが……」

本来の歴史では、グランバニア帝国では貴族の圧政に対するクーデターが起きる。

それにより国力が失われた帝国は、虎視眈々《こしたんたん》と帝位の座を狙っていたシオンによって奪われることになった。

――もっとも、それすらもクヴァール教団の掌の上だったわけだが。

クーデターを起こした面々もクヴァール教団が裏で手引きをしていたため、用済みになったあとはシオンによって粛清される。

そうして皇帝となったシオンは皇族をすべて皆殺しにし、自らの絶対王政を築いたうえで全世界に向けて宣戦布告。

最強の魔術師が率いる、強大な軍事国家が世界征服を始めたのであった。

「あの……」

「ん？」

俺が考え事をしていると、傷が完全に癒えたアリアが近づいてきて頭を下げる。

「助けてくれてありがとう！　あのままだったら盗賊に連れ去られて、酷い目に遭ってたから……」

「礼なら先ほども聞いた。とにかく無事ならばそれでいい」

横転した馬車の近くでは多くの血が流れている。

奴隷商人は逃げ出したらしく、あそこで倒れているのは護衛の冒険者とアリアと同じ奴隷たちのものだろう。

「……」

「どうした？」

「……君は、人間だよね？」

「それはいったいどういう質問だ？」

「だって、精霊たちが君を見て喜んでる。こんなの初めてだから」

喜んでいる？　恐れられているではなくて？

そんな疑問があるが、彼女が嘘を言うメリットは今はないだろう。

「普通、精霊は人を嫌うものだろう？」

「だから驚いているんだよ」

精霊はエルフのみに気を許す。

そのため精霊魔術は一部の例外を除いて人間には扱えないのだが、今こうして俺を慕ってくれているというのであれば……。

「そうか」

俺は顔には出さないように気を付けながら、内心小躍りをしたいくらい嬉しかった。

なにせ精霊魔術である。はっきりいってロマンの塊である。

帝国で学べる魔術を極め、禁術とも呼ばれる魔術も覚えた俺だが、世界にはそれ以上の魔術が多く眠っているのを知っていた。

その中には精霊魔術も含まれており、人の魔術では起こせない現象も多い。

とはいえ、いくら精霊に好かれようと精霊魔術を知っている者に教えを請わなければ学ぶことはできないだろう。

そして先ほど奴隷として連れ去られようとしていた通り、この世界ではエルフと人間では確執がある。

人間がエルフを愛玩動物として扱おうとし、エルフはそんな人間を毛嫌いしていて、かなり根深い問題が……。

「……」

「ん？　なに」

「お前はこれからどうするつもりだ？」

「どうするって言われても……これがあるし」

アリアは自分に着けられた黒い首輪に触れながら、顔を俯かせる。

「奴隷の首輪か」

「うん。これのせいで逃げることもできなくて、でもあの奴隷商人は死んでないから効果は失われてないし……」

「そうか……」

奴隷の首輪は冒険者ギルドのカード同様、古代のアーティファクトを複製して作られたものだ。

本物に比べるとその力は各段に落ちるが、それでも普通に人間では抵抗することなど不可能なほど強い力が込められている。

これを着けられた者は主人に抵抗することができなくなり、居場所さえも常に把握されてしまう代物。

悪用されれば大変なことになるため、どの国でも奴隷の首輪の使用は国の許可が必要となっていた。

つまり、奴隷商人とは国が認めた者だけがなれる職業なのだ。

とはいえ、そんなものは俺には関係ないな。

「少し痛いかもしれないが、我慢しろ」

「え？　――っ!?」

一気にアリアの首を掴むと、そのまま首輪に魔力を注ぎ込む。

奴隷の首輪は無理やり外そうとすると奴隷の首を絞めようとするが、こうして強い魔力を注ぐ分には問題ない。

どんなアイテムであっても限界という物はあり、魔力を注ぎ込まれすぎた奴隷の首輪はオーバーヒートを起こして故障してしまうのだ。

――もっとも、宮廷魔術師クラスが十人いても、オーバーヒートはさせられないくらい容量があるが……。

「え、え、え？」

奴隷はたとえ法で認められている必要悪とはいえ、現代日本に住んでいた俺として胸糞悪い代物だ。

ただの首輪となったそれを俺はアリアから外すと、そのまま空中で燃やしてしまう。

「これでもう問題ないな」

「嘘？　だってこれ……奴隷の首輪って、え？」

「さて、もう一度尋ねてやろう。これからお前はどうしたい？」

信じられないといったふうに戸惑っている彼女に対して、俺は改めてそう問いかけた。


アリアを奴隷から解放した俺は、きっと彼女はエルフの隠れ里に帰るだろうと予想していた。

子どもを人間に売るエルフなどいるはずもなく、無理やり奴隷にされたのは間違いないからだ。

「ご主人様！　次はなにしたらいいかな!?」

だから、一緒の馬車に乗ってそんなことを言い始めるのは、俺としても予想外のことだった。

ちなみにこの馬車は奴隷商人の物。

怪我した馬をフィーナが治したら懐いたので、そのまま利用しているのだ。

「アリア、何度も言うが私のことをご主人様扱いする必要はない」

「駄目だよ！　エルフは与えられた恩は絶対に返さないといけないんだ！　ご主人様のおかげで奴隷から解放されたんだから、その恩は絶対に返すよ！」

「そ、そうか……」

「なんともまあ、あの人嫌いのエルフをここまで手懐けるとは……主は人誑《たら》しの才能があるな」

「……」

ゲームではカリスマ溢れるラスボスだから、もちろんシオンに忠誠を誓う強力な部下たちもいた。

彼らは主人公たちの前に立ち塞がり、強敵として戦ったものだ。

そう言う意味では人註しというのもあながち間違いではないが、中身が俺だとそうはいかない……

はずなのだが？

「リオン様の優しさを考えれば当然です」

「優しい？　この男が？　我、再起不能なくらいに恐怖を叩きこまれたのだが……？」

「え？　レーヴァはご主人様と戦ったことあるの？」

「うむ……あれはまさに激闘に次ぐ激闘で、大陸の地形さえも変えてしまうような――」

「レーヴァさんはリオン様に叩きのめされてましたね」

「こらフィーナ！　それは言わない約束だろう！」

「……」

馬車の中では見目麗しい少女たちがワイワイと盛り上がっていて楽しそうだ。

話題は俺のことなのだが、各々が声を上げていくため、俺が入りこむ隙間がなかった。

こういうコミュニケーション能力は、残念ながら帝王学にはなかったから仕方ない。

……今度帝都に戻ったら、帝王学に少女たちと楽しく会話する方法もいれるようにしよう。

そんなしょうもないことを考えながら、俺は未だに隙なく話し続ける少女たちから視線を逸らして、
馬車の窓から見える青空を見上げるのであった。

帝国と隣接するサーギオス王国との国境付近に位置する街であるバルグ。

大きくはないが北方の厳しい地域にある帝国にしては自然豊かで、のどかな街だ。

マーカスと交易都市ガラティアで別れた俺たちは、ここを一先ず拠点として冒険者活動を行っていた。

「さて……それでは俺はギルドにクエスト達成の報告をしてくる」

「一緒に付いて行きますよ？」

「……いや、とりあえずお前たちは先にアリアを連れて宿に戻るといい」

すでに夕暮れ時となっており、これ以上遅くなってしまえば宿から提供される食事の時間に間に合わない。

それに、元々三人で大きめの部屋を取っているが、さすがに四人となると手狭となるので部屋を分ける必要があった。

そうなると当然、今の部屋をアリアに引き渡して俺は一人部屋となる。

「これまで奴隷として満足な食事もできなかっただろう」

――それに身繕いもできなかっただろうからな……。

さすがに本人に汚いとは言えず、こっそりフィーナに耳打ちをすると彼女は顔を真っ赤にしながらコクコクと頷いた。

「フィーナ？　風邪か？」

「ち、違います。ただその、夕日が顔に当たってるだけです！」

そうして顔をそむけてしまうので、結局理由は分からずじまいであったが、まあいいだろう。

「それじゃあ行ってくる」

「怪我に気を付けるのだぞ」

「誰に言っている」

「どちらかというと、主と喧嘩をしそうな他の人間だな」

俺は平和主義者だから喧嘩などしない。

それだけ伝えると、レーヴァたちから離れて俺が一人で冒険者ギルドに向かう。

基本的にギルド内は酒場も併設されており、この時間だとクエストを終えた冒険者たちが己の武勇伝を語り合いながら騒がしくしているものだ。

少し遠くには見習いの冒険者たちがパーティーを組むための斡旋《あっせん》場もあり、ギルド職員が間に入ったりすることもあった。

こうしたギルドの雰囲気が、実は俺は結構好きだった。これぞファンタジーという気分になる。

とはいえ、俺たちはすでにパーティーを組み終わっている冒険者。

今更職員から斡旋を受ける立場でなく、手にした薬草をもって受付へと向かう。

「よおEランク。今日も元気に薬草採取かぁ？」

「雑魚のくせに女を連れて、舐めてんじゃゃねぇぞぉ」

その途中、いかにも力自慢だと言いたげな冒険者の二人組に道を遮られた。

片方はスキンヘッド、もう片方は刈り上げ、どちらも威嚇《いかく》するように武器に手をかけて、こちらを見下してくる。

交易都市ガラティアにいたときはマーカスの連れということで、誰も絡んでくることなどなかったが、ここでの俺はただのEランクの冒険者。

しかも普段から美少女たちを連れていることもあり、やっかみの対象だった。

「なんだお前たちは?」

「いやなに、この街に来てからお前、一度も俺らに挨拶しにこねぇなぁってずっと思ってんだよ」

「この街のギルドを仕切ってるのが俺様たちだって、まさか知らないわけじゃねえよなぁ」

よくよく見ればこの二人、髪型こそ異なるが顔がよく似ている。もしかしたら兄弟なのかもしれない。

まあそんなことはどうでもいいのだが、どうやら俺がEランクだからと舐めているようだ。

「……さて」

こういう輩を叩きのめすのは簡単だ。ただ力を見せつければいい。

そもそもこのバルグという小さな街で冒険者をしている時点で大したことがないのはよくわかる。

少し離れたところには王国との国境となる城塞都市もあり、北に行けば帝都もあるのだ。

立身出世を求めるのであればどちらかに向かえばいい。

そうでなくとも、帝国には多くのダンジョンがある。

冒険者として一獲千金も狙えるというのに、こんな小さな街でお山の大将を気取っているというなど、あまりにも情けない。

「そうか、二人はこのギルドを仕切っているのか。それは知らなかった」

「おおとも、だからこの街でなにかしたけりゃ、俺らを通して――」

「俺たち兄弟には逆らうんじゃ――」

一歩、前に踏み出した。

その瞬間、目の前の二人の表情が青白くなる。

言葉も失い、足は震え、ただただ茫然《ぼうぜん》と俺から目が離せなくなったように怯え始めていた。

「どうした？　なにか言いたいことがあるなら聞くぞ？」

「あ……あ……あ……」

「ひ、ひぃ……」

俺がこいつらの前にもう一歩進むと、バランスを崩したように倒れ始める。

周囲の冒険者やギルド職員たちは何事かとこちらを見るが、彼らから見ればこの二人が勝手にバランスを崩して倒れた様にしか見えないだろう。

「喧嘩を売る相手は、しっかりと選ぶことだな」

この二人の横を通り過ぎる瞬間、小声でそう呟く。

生まれたての小鹿のように震えながら尻餅をついた二人は、俺の意図が分かったのか小さく頷いた。

「ふっ……」

俺としては別にこの街で目立ちたいわけではないのだ。

せっかく自由になって色々と経験ができる今、普通の冒険者としてクエストをこなしていきたい。

だからこそ、この二人を叩き潰すことはしない。

今の俺はEランクの冒険者リオンであり、決して残虐なる皇帝シオン・グランバニアではないのだから。

「薬草を持ってきたぞ」

どん、クエスト達成アイテムである薬草の束を受付に置き、俺はその報酬を受け取って満足するのであった。


ギルドから出た俺が宿に戻ると、アリアが小さな寝息を立てながらベッドで寝ていた。

「疲れていたのだな」

この世界では十五歳はもう成人だが、俺の感覚ではまだ子どもと言っても良い年頃の少女。

それが故郷から離され、奴隷として連れ去られた。

さらにそこから盗賊にまで襲われたのだ。

草原から街に来るときは平気そうな顔をしていたが、そのストレスは相当なものだっただろう。

「さて……どうしたものか」

俺のことをご主人様と呼びながら近づいて来たのは、決して恩によるものだけでないことはわかっていた。

彼女は本能的に人に対して恐怖を覚え、庇護してくれる対象として俺を選んだだけのこと。

もし俺に見捨てられたら人の世では生きていけないから、必死に媚《こび》を売っていたのだ。

「あ、リオン様。戻られていたんですね」

「フィーナか」

「我もいるぞ」

隣の部屋で待機していた二人が俺の帰りに気付いて部屋に入ってきた。

ここはそれなりに良い宿なので、湯浴《ゆあ》みもできる。

二人とも髪を湿らせた状態で、少し紅潮している状態だ。

「二人はアリアのこと、どう思う？」

「む？　エルフのことはよく分からんが、まあ元気なのは良いことなのではないか？」

「……私は」

あっけらかんとした風で自分のベッドに寝ころぶレーヴァとは対照的に、フィーナはその場で考える素振りをした。

そしてしばらくしてから顔を上げると、チラリとアリアを見る。

「無理をしているように見えました……」

「そうか」

聖女というだけあって、人のことをよく見ている彼女がそう言うのであれば、そうなのだろう。

「ならば、答えは決まったな」

「え？」

「特に急ぎの旅でもない。アリアをエルフの里に送るぞ」

俺の言葉にレーヴァは目を丸くし、フィーナは嬉しそうに笑みを浮かべる。

そして当の本人といえば、幸せそうに寝息を立てるだけだった。


「え、え、え?」

「どうした?」

「いやだってご主人様……えと、その……」

翌日、朝食を食べながら昨日決めたことをアリアに話すと、彼女は驚いた表情をしてこちらを見てくる。

どうやら俺が彼女をエルフの里に戻そうとするなど、想像もしていなかったらしい。

元々幼さの残る顔をしているだけあって、今は妙に子どもっぽく見え、少しだけおかしく思う。

「なんで? だって私、まだなにもお礼できてないよ?」

「別にお前から礼を貰おうなんて最初から思っていない」

そもそも奴隷に捕まっていたのだから、礼ができるはずもないだろうに。

「エルフの里というのは人が近づけない場所なのだろう? だったら観光ついでに見に行ってみようと思っただけだ」

俺は自分に降りかかるはずだった破滅フラグをすべて壊し終えて、今はもう自由の身だ。

だからこそこの世界を見て回りたいと思っていたし、実際にそうしている。

エルフは『幻想のアルカディア』でも登場する種族だが、メインキャラにはいなかった。

そのためエルフの里でのイベントというものがなく、存在だけが示唆されている程度の場所なのだが……。

「エルフは恩を返してくれる種族なのだろう？　だったらエルフの里を案内してくれればそれでいい」

「ご主人様……」

ジーン、と感動した様子でこちらを見てくるのだが、手に持ったフォークとそこに刺さった肉がなんともシュールな状況だ。

人間に奴隷扱いされることもあり、エルフは当然のごとく人間が嫌いだと公言している。

だが、ファンタジーの代名詞とも言えるエルフやその里は是非とも見たい。

そんな打算があると伝えてはいるのだが、どうにも理解をしてくれた様子はなく、アリアはうんうんと涙を流し始めるのであった。

しばらくして、落ち着いた様子のアリアは食事を再開し始める。

「お前を助けたとなれば、エルフたちも友好的になるのだろう？」

「うん……普通のエルフは人が嫌いだけど、それでも恩には恩を返す種族だから絶対に大丈夫！」

「普通のエルフ？」

「あ、いや、それは……」

つい彼女の言葉が気になって聞き返すと、アリアは戸惑った様子を見せる。

言うべきか、言わないでおくべきかを悩んでいる様子だ。

「あの……実は僕ね……」

「アリア、別にお前が隠してることを無理に言う必要はない」

「……そうなの？」

「ああ……」

そもそも、隠しごとをすべて話さなければならないのであれば、フィーナが聖女であることやレーヴァが古代龍であることも話さなければならないことになる。

別にアリアを信用していないわけではないが、人の耳はどこにあるかもわからないし騒ぎになるのも煩《わずら》わしい。

それにもっと言えば、俺が転生したことや帝国の皇族であることも話さないといけなくなるし、それはさすがに勘弁願いたいところだ。

「たとえどれほど信頼し合っていても、内に秘めておくべきことはあるからな」

「そういうものなんだ」

「そういうものだ」

俺がフィーナたちに目配せをすると、彼女たちもコクコクと頷いて同意してくれる。

それでアリアも納得したらしく、すっきりした顔で笑うのであった。

第四章　アークレイ大森林

獣人やドワーフなど、エステア大陸には様々な種族が混在して生きている。

それぞれ種族ごとに国を持つとはいえ、戦争のないこの時代では人の国に獣人がいることも、獣人の国に人がいることも珍しくはない。

お互いがそれぞれの人権を認め合い、平和な時代とも言えるだろう。

――エルフという種族を除いて。

「つまるところ、エルフは時代に取り残されたと言ってもいい」

「まあ森から出ないという選択肢を取ったのはやつらだからなぁ」

ドワーフは山での生活を、獣人は平原で生活を、エルフは森での生活を。

それぞれ生活圏が異なっていたが、人間がありとあらゆる場所で開拓を進めた結果、住む場所が失われていく過去のエステア大陸。

ここで人間の行っていることにメリットを感じて共存できたのが二種族で、できなかったのがエルフだった。

「まあとはいえ、私はそれを愚かだと断じることはできないがな」

アリアの案内で向かったのは、バルグから二日ほど西に進んだところにあるアークレイ大森林。

俺たちの旅は順風満帆で、珍しく移動中に何事も起きずに辿り着いた。

元々グランバニア帝国に住む魔物は強力な個体が多く、グラド山脈同様このアークレイ大森林も危険な場所と言われている。

『幻想のアルカディア』のメインストーリーからは外れているが、素材や強力な武器が手に入るため、何度も通った場所だ。

……そういえば、そのとき戦うボスって。

サブクエストとはいえ、物語後半の出来事。

強力な魔物が守っている設定で、下手をしたらメインストーリーよりも難しかった気がする。

とはいえ、もう十八年も前の話。

文字が書けるようになってすぐに覚えているだけの情報を書き連ねていたが、それでも漏れる部分は多い。

特にサブクエスト部分に関しては、俺の破滅フラグとは遠いところもあっただけに重要度も低く、覚え続けるには厳しいものがあった。

「ところで主よ」

「なんだ?」

「主は水浴びをしないのか?」

レーヴァは森の中を流れる川を見ながら俺に問いかける。

「男と女が一緒に水浴びをするなど、破廉恥《はれんち》だろう」

「……」

「なんだレーヴァ?」

「主から破廉恥などという単語が出てきたことに驚いた」

……たしかに、黄金の君とまで謳われたシオン・グランバニアから破廉恥などという単語が出てきたら、俺もビックリしてゲームを一回止めるかもしれない。

「上手い言葉が出てこなかったのだ」

「ほほう……まあ主はその力や態度とは裏腹に、中々に人間らしいところを秘めているようだからな」

それなりに行動を共にすることが多くなってきたからか、なんとなく俺の内面にも気付き始めているらしい。

結構勘違いされることが多いのだが、別に俺はこのラスボスロールを楽しんでいるわけではない。ただ弱肉強食の帝国に生まれて、帝王学を徹底的に叩きこまれた結果、こうなっただけだ。

――まあ、帝国の腐った貴族たちに弱みを見せられなかった、というのもあるか。

とにかく、俺としては隠しているつもりもないのだが、やはり十八年という月日は中々に頑固なもので、素の自分を出そうとしても中々上手く行かない。

「男なら女の肌を見たいと思わんのか？」

「いずれ伴侶となる者ならばともかく、うら若き未婚の女性の肌を見るわけにもいくまい」

「主はかったいのぉ」

どうとでも言え。

帝国がハニトラ対策として俺に散々宛てがってきた女どもと比べても、フィーナの美しさは群を抜いている。

俺だって十八歳という健全な年頃だ。彼女のような美人の肌なら是非とも見てみたい。

だがしかし、フィーナは聖エステア教会の聖女。

本物の神との交信ができる唯一の存在であり、なによりも重要な人物だ。

当然教会側も手放すことはしないだろうし、帝国の皇族に不貞を働かれたなどとなれば、下手をすれば全面戦争である。

「ところで話は変わるが、貴様はエルフと会ったことがあるのか？」

「うむ。と言っても封印される前だから、千年以上昔のことだがな」

「そうか……エルフは他の種族と違い、なぜ人と関わることを選ばなかったのだ？」

俺の問いかけに、レーヴァは少しだけ顔を顰《しか》める。

思い出すのが大変というよりは、当時の嫌なことを思い出したような顔だ。

「……プライド」

「ほう」

「あやつらは自分たちが神の眷属《けんぞく》である精霊に選ばれたことを誇りに思っていて、地上で最も神に愛された種族だと言い張っていた。当時は今ほど人間の魔術も広がっていなかったし、我らドラゴンなどを除けば精霊術を使えるエルフたちはある意味最強の種族だったしな」

数こそ少なかったため大陸を支配するようなことはできなかったが、それでも種族として弱い人間などを見下していたのだろう。

その結果、魔術を覚え、他種族と交流し、知識を蓄えた人間たちによってエルフたちは居場所を失うことになったという話だ。

「その割にはアリアは普通だったな」

「まあエルフもこの長い年月の中で変わってきたのだろう。さすがに人里にやって来るものはいないにしても、若く歴史を知らないエルフなら、里の外に興味をもってもおかしくはないさ」

その結果、定期的に生まれるエルフの奴隷。

彼女たちはその美しさから貴族に大金を支払われ、コレクションとして自慢されることがある。

帝国のパーティーなどでも、俺に対して見せびらかすような貴族はいた。

もっとも当時はそんなものに構っている暇もなかったのでスルーしていたが。

「エルフの里か……」

アークレイ大森林の奥にそれがあるという噂は確かにあった。

しかしここはAランクの冒険者でも危険な魔物が跋扈《ばっこ》する地域。

探索も上手くいかず、多くの兵士たちが血を流し、エルフを見つけるためとはいえ支払う対価が大きすぎたのだろう。

結果、アリアのように外の世界に興味を持った若いエルフなどが捕まえられる程度の数となり、その分希少価値も高くなった。

「しかしアリアも中々に幸運じゃの」

「奴隷にされたのにか？」

「奴隷にされた後に主に見つけてもらったことが、だ」

「……そうか」

今はフィーナと二人で水浴びをしているアリア。

年が近いからか、昔からの友人のように二人は仲がいい。

彼女たちの楽しそうな笑い声が時折聞こえてきて、少し微笑ましい気持ちになった。

「なんだ、やっぱり見たいのか？　主になら二人とも見られて良いと思っていると思うぞ？」

「同じことを何度も言わせるな」

俺の役割は彼女たちが何の心配もなく水浴びが終われるように、ただ周辺を警戒することだけだ。

さすがに遠く離れすぎると魔物が近寄ってきて危険かもしれないので、こうして近くで待機をしながら周辺を窺《うかが》っているのだが、今のところ魔物たちが近寄って来る気配はない。

「ところで主、気付いているか？」

「ああ、囲まれているな」

魔物たちは近づいていない。おそらくレーヴァという強力な存在に恐れをなしているんだろう。

それでも俺たちに近づいて来る者がいるとすれば、それは知性ある存在。

「出てこい――こちらを見ているのは分かっている」

そして俺が周囲一帯を吹き飛ばすように魔力を解き放つと、集まってきた者たちが森の木々から次々と落ちていく。

「ふん、やはりエルフか」

一番近くにいたエルフの男は、尻餅をつきながら怯えた様子で弓を構える。

そんな男に俺はゆっくりと近づいていき――。

「な、なんだこの魔力は……貴様は……」

「私か？　私は……ただの人間だよ」

そうしてエルフの弓を折りながら嗤《わら》うと、俺が危険な存在だと思ったのだろう。

完全に戦意を喪失してしまったエルフ以外が一斉に矢を放ってきた。

「主、我が……」

「いや、いい」

前に出て俺を守ろうとしていたレーヴァを手で制し、飛んでくる矢を見る。

強力な風の魔力が込められたそれは、大木ですら貫通してしまう代物だ。

「だが、その程度ではな」

俺が軽く腕を振るうと風が舞い、矢に乗せられている風の魔力に揺らぎが生じる。

本来なら寸分違わず俺に突き刺さるはずだったそれは、力を失い地面に落ちていった。

「なっ――!?」

「馬鹿な!?　これはただの矢ではなく、精霊の力を纏《まと》わせたものだというのにっ！」

「さて……」

なにが起きたのか理解できなかったのだろう。

エルフたちは揃って声を上げながら驚愕の表情を浮かべていた。

軽く周囲を窺うと、エルフの数は足元に一人転がっているのを入れて十人。

木々から落ちた後すぐに森に姿を消したとはいえ、その気配までは隠しきれていない。

ましてや力の差が理解できていないのか、こちらに向ける怒気は衰えず、隠れる気があるのかとさえ疑ってしまう始末だ。

「まさか、この程度で私をどうにかできると思っているのか？」

力も、数も、全然足りない。

ラスボスであるシオン・グランバニアを相手取るには、あまりにも弱い戦力。

「ほざけ人間風情が！　ここはもう我らエルフの縄張りだ！」

「今出ていくなら見逃してやるが、これ以上進むなら覚悟することだな！」

「一つ言っておく。私はお前たちエルフと戦いに来たわけではない。ただ同胞である──」

「主よ、やつら聞く気がないらしいぞ」

怒号とともに再び矢を構えるエルフたち。

先ほどよりも多くの魔力が注がれたそれは、この森に棲む強力なモンスターでさえも一撃で屠《ほふ》ることができるだろう。

もとより人よりも個体としての能力値に長けた種族だ。

エルフが単独で動いていたときならともかく、こうして徒党を組まれてた時点で普通の人間であれば勝ち目はない。

「まったく、こちらは平和的に解決したいのだがな」

「主が下手に魔力で怯えさせたのも原因だと思うぞ」

「……そうか」

とはいえ、これ以上問答を繰り返しても同じ結果にしかならないだろう。

頭に血が上っている相手に話を聞いてもらうには、力を見せつけるしかないのだ。

それも、圧倒的な力の差を。

「では、やるとしよう」

「ってぇぇぇぇ！」

凄まじい轟音《ごうおん》を立てて風を貫く弓矢の数々。

エルフ自慢のそれらは、しかし先ほどと同じく俺に届くことはない。

なにせ、俺に当たる端からそのまま地面に落ちていくからだ。

まるで玩具の矢が当たっているかのような状態に、エルフたちはなにが起きているのか理解できずに困惑していた。

俺の行動は一つ、ただ前に進むことだけ。

わざと矢を避けずに真っすぐに、一人のエルフの前に立つ。

「どうした？　その手に持ってる矢で攻撃しないのか？」

「あ、あ、あ……」

「攻撃をしないなら、眠っておけ」

軽く魔力を飛ばしてやると、身体を仰け反らせて背中から倒れる。

「っ――!?」

「さあ……順番に行くぞ？」

周囲のエルフたちが驚いたのが伝わってきた。

俺はただ圧倒的な力の差を見せつけるためだけに、彼らにもわかるようゆっくりと動くのであった。


しばらくして、フィーナとアリアが川での水浴びから戻ってきて、目の前の惨状に唖然《あぜん》とする。

「あのリオン様……これはいったい？」

「攻撃を仕掛けられたから反撃したまでだ」

「……えーと、ご主人様、その……ごめんなさい？」

「アリアは気にしなくていい」

「う、うん……」

彼女の謝罪が疑問形なのは、この場で正座して並べられているエルフたちの顔を見たからだろう。

誰も彼もが両頬を真っ赤に染め上げられて、半泣きの状態だった。

あのあと俺は一人一人、手の届く所まで近づいていきビンタを喰らわせてやったのだ。

だいたいのエルフは一発で泣いてしまったのだが、それでも睨《にら》んできたやつには反対側ももう一発。

それで戦意を喪失してしまい、地面に崩れ落ちると、次のエルフへと向かっていく。

それを繰り返した結果がこれだった。

「殺す気で矢を放ってきたのだから、この程度で済ませてやっただけ優しいと思ってもらいたいところだな」

俺がギロリとエルフたちを睨むと、彼らはコクコクと必死に頷く。

「我から見ても酷い惨状だった……」

「エルフの戦士は普通、人間より強いはずなんだけど……」

レーヴァとアリアはなんとも言えない表情で俺を見てくる。

それに対してフィーナだけはキラキラと、尊敬の眼差しだった。

——俺が言えたことじゃないが、この子はもう少し俺を疑った方がいいんじゃないか？

天秤の女神アストライアからなにかを言われているせいか、どうにも信用度がカンストしているように思える。

これはいずれは大変なことになりそうだと思い、定期的に話はしているのだが、どうにも改善の兆しが見られなかった。

「さて、とりあえず全員揃ったところで……アリア、お前から説明を頼む」

「あ、うん。だけどこの状態でまだ説明してなかったの？」

「私は自分を攻撃してくる者に対して、これ以上優しくしてやる気などないからな」

このエルフたちも俺が他のエルフを助けたと言えば、多少態度も軟化していたかもしれない。

しかし先に攻撃を仕掛けてきたのはこいつらだ。

そんなやつらに、なぜ俺がこの場にいたかなどの理由は教えてやる気にはなれなかった。

——絶対に勝てない敵がいるという恐怖を、少しでも味わえばいい。

アリアに怒られながら事情説明を受けているエルフたちを眺めるのであった。

「すまなかった！」

合流したアリアによる事情説明が終わったあと、正座をしていたエルフたちはその状態で頭を下げ、必死に謝罪をしてくる。

てっきり、アリアは騙されている！　などと疑う者がいるかと思ったが、全員が同じ体勢——土下座スタイルで謝ってきたため少し面食らってしまう。

そんなことはお構いなしと、最も身体の大きいエルフが代表して声を張り上げながら顔を上げた。

「我らが同胞を助けてくれて、本当に感謝する！」

「気にするな」

山の巌《いわお》のように鍛え上げられたその男は、エルフというよりはデカいドワーフと言われた方がしっくりくる。

ただエルフというのは元々凄まじく美丈夫なので、体格が大きいことも相まってワイルドなイケメンという風貌だ。

たしかこの男だけは唯一、俺の一発目のビンタをガードしていた。

普通ならガードの上からでも吹き飛ばすだけの力を込めたつもりだったが、予想以上の実力者だったということだろう。

その分こちらも少し熱が入ってしまい、他よりも強い一撃を入れてしまったが、まあそれは仕方があるまい。

……思い切り顔を真っ赤に腫れあげさせてしまったのは、少しだけ申し訳なく思う。

「ところで貴様の名は?」

「我が名はスルト! アークレイ大森林に棲むエルフの大戦士だ!」

聞き慣れない言葉に問いかけようとするが、この男に聞くと声も大きいし面倒そうだ。

「アリア、大戦士とはなんだ?」

「あ、大戦士っていうのは一番強い戦士でみんなのリーダーだよ」

隣のアリアに尋ねると、スムーズに答えてくれる。

なるほど……人間でいうところの騎士団長みたいな役職か。

「我らが同胞のアリアを助けてくれた恩人であるリオン殿に襲い掛かったこと、改めて謝罪させて頂きたい!」

「……ああ、それはもう構わない。そもそもエルフが人間を嫌っていることは知っているからな」

「おお……なんと寛大なお言葉、感謝する!」

だから声がでかい。あとなんか圧が凄い。

まあそれはともかくとして、一先ずエルフとの関係がこじれることがなかったのはありがたい話だ。

「とりあえずこれで、アリアをエルフの里に戻すという問題は解決したな」

「そうですね」

「あ……」

その表情、もしかして忘れていたのだろうか?

人がせっかく気を使って……と思ったが、そもそも俺としてはこのままエルフの里を見てみたいという願望がある。

いったいどうすれば里に入れてくれるのだろうか？

よくよく考えれば、ゲームでも人間嫌いなエルフは主人公たちと関わることがない。

つまり、なにかしらの必要イベントというものが存在しないのだ。

「どうするべきか……」

いくらなんでもあれだけ敵対意識を持っていた人間を招き入れるとは思えない。

力の差を見せつけたため、この場にいるエルフは大丈夫だろう。

だが里というのだから、それなりに人数がいる。

そこに人間がやってきたら、それこそ囲って攻撃してきかねない。

さてどうしたものか、と考えているとアリアがぎゅっと俺の手を握ってきた。

「どうした？」

「ありがとうご主人様」

涙目で見上げてくる少女は、やはりエルフという種族だけあって芸術品のように美しい。

なんとなく目が離せずじっと見つめていると、アリアは顔を赤らめてそっと視線を逸らした。

どうやら恥ずかしかったようだ。

「アリア、あの時は便宜上その呼び方を許したが、そもそも私はお前の主人ではない」

いくら訂正しても彼女はこの呼び方を変えなかった。

それは暗に、自分は貴方の下僕で抵抗はしませんから守ってくださいという、彼女なりの処世術。

だがそれももう必要ないはずだ。

「お前はもう仲間のところに戻れるのだから、普通に呼べばいい」

「えっと……もうこの呼び方に慣れちゃったから、駄目？」

「駄目だ」

「そっか……それじゃあ」

――リオン君、本当にありがとう！

先ほどの涙を見せる姿も美しかったが、それ以上に微笑むエルフの少女はとても、とても美しかった。

第五章　エルフの里

この世界のエルフたちは排他的で、表の世界にはほとんど出てこない種族だ。

ゲームでエルフの住むアークレイ大森林にやってきても、イベントらしいイベントもない。

そのため俺も、彼らについては帝国で得た知識以上のものを知らないのだ。

誰も入ったことのない未開の土地。

そんなロマン溢れた場所だからこそ興味は尽きないし、ゲームで知った世界以上を知りたい。

「だからこそ、どうやってエルフの里に入ろうかと悩んでいたのだがな」

俺の悩みはあっさりと解決する。

「我らが家族を救ってくれた恩人であるリオン殿を、歓迎しないわけにはいかないからな！」

そう宣言するスルトの一声で、俺たちはあっさりとエルフの里へ迎え入れられることになった。

エルフたちは報告のために先に戻っていたので、この場にいるのは俺たちと戦士長であるスルトのみ。

「ん？」

森を歩いていると、不意に違和感を覚えた。

これは、幻覚系の結界か。

「なるほど。これなら今までエルフたちが隠れることができたのも納得だ」

「驚いた……リオン殿、よく分かったな」

「ほんのわずかにだが、空間に揺らぎがあったからな」

周囲を見渡すと、フィーナたちはなんの話か分からず困惑している。

俺は魔力を込めた手のひらでそっと揺らぎを掴むと、そのまま壁紙を剥がすように手を動かす。

ペリペリと、空間が破れた先から新しい道が生まれていく。

「え？」

「ほぉ……なるほどなぁ」

驚くフィーナと、感心した様子のレーヴァ。

他の者たちはこれがどういう場所なのか理解しているからか、特に驚くようなことは――。

「なぜ貴様らも驚いている？」

スルトとアリアもぽかんと口を開けて、不思議そうな顔をしている。

「だってリオン君……エルフの結界って普通、誰かに破られるようなのじゃないんだよ？」

「本来は、我らが正規の道を通ることで解除される結界が、まるで紙のように……」

「……そうか」

どうやら何百年もの間エルフを守ってきた結界を簡単に破られたことがショックだったらしい。

なんというか、申し訳なさを感じてしまうな……。

「結界が……」

「……少しそこをどけ」

結界の前で呆然とした様子のスルトをどかし、俺は軽く手を触れる。

そこに込められた魔力、そして効果や発動方法などを読み取り――。

「直したぞ。これでいいだろう？」

つい結界を破ってしまったが、そもそも正規のルートを通れば無理矢理通る必要などないらしいのだ。

スルトとアリアがいれば当然エルフの里に到着できるのだから、これで問題ないはず……。

「なんだ貴様ら、また呆《ほう》けた顔をして」

「リオン君ってさ……神様？」

「そんなわけあるか。それに私は、神が嫌いなんだ」

なんせ、神イコール死亡フラグだからな。

「は？　え？　結界、直した？　はぁぁ？」

スルトの方はもはや呆れを通り越して、壊れた機械みたいになっている。

「まあ、主だからなぁ」

「リオン様は、神にも選ばれた特別な方ですから」

呆れた様子のレーヴァはともかくフィーナよ。

神に選ばれたとかいう不吉なことを言うのは止《や》めるんだ。

何度も言うが、俺は神が嫌いだし、そもそも死亡フラグだから絶対に近づかないで欲しいくらいだというのに……。

「よし、次はこっちだ」

しばらくして再起動したスルトが、エルフの里に入る正規ルートを案内してくれる。

ヒリヒリと魔力が漂っていて、つい先ほどみたいに結界を力尽くで破りたくなってきてしまうが、さすがにそれは自重した。

そうして歩いていると、どんどんと魔力が高ぶる場所へと近づいて行く。

「ここまで来たら私にもわかります。あっちですよね？」

「フィーナ、それは罠だ」

「え？」

あからさまに魔力が高いため、エルフの里だと思うだろう。

しかしあの先にあるのは人の魔力ではなく、この土地を守り続けているなにか。

「さすがだなリオン殿」

「……もしあっちに行ったら、どうなるんですか？」

フィーナが恐る恐る問いかける。

彼女もあの先にある魔力が尋常ではないことに気付いてた。

それがエルフの里だと思っていたから安心した様子だったが、それが違うと知り、強い力に怯えている。

「なに、エルフの番人が襲いかかってくるだけだろう」

「ああ、その通り！　とはいえ我らについて正規の道を通れば問題ないから、心配しなくていいぞ」

「そ、そうですよね！」

そう返事をしながら、フィーナが俺の裾を掴んでくる。

どうやらあの魔力に当てられて怯えているようだ。

「心配するな。仮に戦うことになったとしても、あの程度は私の敵ではない」

「……はい」

もしさっきの通り、力尽くで通っていたらどうなっていたのだろうか、と少し気になった。

感じる力はたしかに普通の魔物より強力だが、レーヴァに比べれば大したことはない。

つまり、俺にとっては大した脅威ではないということだ。

「まあもっとも、わざわざ番人を倒す必要もないがな」

「リオン君の場合、本当に倒しちゃいそうだから駄目だよ」

「わかっているさ」

なにを疑っているんだ。

俺だってわざわざ自分に刃向かってくる敵以外は相手にするつもりはない。

もっとも、クヴァール教団のゴミ虫どもは別だがな！

「あれか……」

しばらく歩いていると、里と思わしき入り口が目に入った。

何人か屈強そうな戦士たちが立っており、おそらく里を守る門番だろう。

事情を先に聞いていたからか、人間である俺たちを見ても友好的な視線を向けてくれる。

「ここが我ら！」

「アークレイの森に棲む、エルフの里だよリオン君！」

緑の木々に囲まれて、家なども自然と一体化している。

少し周囲を見渡せば、小さな妖精たちも飛び回り、魔力も外界と比べて清らかだ。

俺たちが辿り着いたのは、まさにファンタジーにいる森の民、というような雰囲気の村だった。

「わぁ……」

「ほう……」

幻想的な雰囲気で思わず立ち止まって魅入ってしまう。

フィーナたちもその光景に圧倒されているようで、感嘆の声を零していた。

「ここがエルフの里か……なるほど、美しく良い場所だ」

「えへへー！　でしょでしょ！」

「空気も澄んでいて、魔力も多く漂っている」

「精霊たちが気に入る場所でしか僕たちは住めないからね」

自身の故郷を誉められて嬉しいのか、アリアは終始ご機嫌な様子だ。

そんなアリアを横目に、スルトが俺たちの前に出る。

「さて、それではこのまま長老のところに案内を――」

「アリア！」

「お前……戻ってこれたんだな!?」

そんなスルトの声は、離れたところから駆け寄ってくる二人の男女によって遮られる。

「え？　あ、ママ！　パパ！」

彼らがどんな存在か、それは瞳を輝かせたアリアの言葉が証明している。

アリアは涙を流しながら両親の下に駆け出していき、そのまま抱き着いた。

「良かった！　お前が人間に攫われたと聞いて、ずっと生きた心地がしなかったのだぞ！」

「ええ、ええ！　でもこうして無事に帰ってきてくれてよかったわ！」

「うん！　うん！　僕も怖かった！　もう帰って来れないんじゃないかって怖かったよぉ！」

離れ離れになったエルフの親子の再会。

そんな感動的な再会を邪魔するのも無粋《ぶすい》だろうと思い、俺は彼女たちから背を向けて、エルフの里を見渡す。

――まあ、アリアを連れてきて良かったな。

この美しい光景を見れただけで、そう思うには十分すぎるものだった。


しばらくして、俺たちはエルフの恩人だということで一つの家を用意された。

この後、攫われた仲間が帰ってきたことに対する宴が催されるという。

それまでの間、客人としてゆっくりするようにと言われたため、窓の外から見える自然の景色を楽しんでいるところだ。

「それにしても、最初から対話もなく殺す気だったのは少し気になるな」

スルトたちに襲われたとき、彼らは有無を言わさず襲い掛かって来た。

もちろん人間が敵だという認識は彼らにもあるだろう。

だからといって、彼我の力量差を見極めることもせず、ましてや他に仲間がいる可能性すら考慮せずに襲い掛かってきたのはあまりにも短慮としか言えない。

エルフたちを叩きのめしたあと、ちゃんと聞いておけばよかったと、今更ながらに後悔してしまう。

「アリア、お前はなにか知っているか？」

改めて事情を知っているであろうアリアに問いかけると、彼女は少し暗い顔をしながら語り始める。

「……実は、ここ最近人間に攫われるエルフが多くて、みんなピリピリしてたんだ」

「なに？　エルフがか？」

「うん……」

それは、少しおかしな話だ。

たしかにエルフは希少な種族で、好事家《こうずか》などに人気の存在。

人間に捕まると、そのまま貴族などに売るための奴隷にされることが多い。

上位冒険者の中にはエルフを専属で捕まえるエルフハンターを名乗る者までいるくらいで、ドラゴンの討伐以上に金になるという話もあるが……。

本来エルフは単体であれば人間よりも遙かに強い存在だ。

精霊術を駆使し、長く生きた戦闘経験もあり、今回あったように集団行動にも森での活動にも長けている。

上位の冒険者でなければ手が出せないのもその強さが原因であり、普通なら返り討ちにできるはず。

「人間の中にも強い者はいるが、そこまで鍛え上げた者が人道を外れてまでエルフを捕まえる？」

あり得ないとは言わないが、少し妙な気がした。

エルフが捕まるときは大抵、アリアのようにまだ成人していない子どもであることがほとんどなのだが……。

「なんか最近、変なの」

「変？」

「うん……僕が捕まったときも、もちろん抵抗したよ。だけど最初は言うことを聞いてくれていた精霊たちが急にいなくなっちゃったんだ。それでそのまま戦う力を失って、人間に負けて奴隷の首輪を着けられちゃった」

アリアもまだ子どもとはいえ、精霊術を使える程度には成長している。

森に人間がやってきたと気付いたときも最初は警戒していたし、隠れてやり過ごそうとしたらしい。

しかしまるでそこにアリアがいるのを知っていたかのように、奴隷商人と人間の集団が襲い掛かってきたという。

「精霊たちが逃げ出すようなことは、よくあることなのか？」

「ううん、今までそんなこと一度もなかったよ。怖い魔物相手だって、精霊たちは逃げないし……」

アリアの話では、人間の一人がなにかをした瞬間、精霊たちが逃げ出したらしい。

精霊術の使えないエルフは、人間より少し強い戦士程度。

アリアなど、そこらの人間と変わらないレベルの子どもだ。

「他のみんなも、同じように捕まったんだと思う」

「そうか……」

精霊が逃げ出すようななにかを準備していたというのであれば、その奴隷商人は元々エルフを捕まえるつもりで来たのだろう。

普通なら難しいはずだが、情報を揃え、精霊術への対抗手段も手に入れているとするならば……。

「厄介だな」

精霊術を無効化する術があるということはつまり、エルフは脅威でもなんでもないということだ。

もちろん戦士長であるスルトのように、戦闘経験豊富な者ならそう遅れは取らない。

だがアリアのような精霊術以外に戦う術を持たない子どもたちにとっては、それはあまりにも恐ろしいこと。

「エルフたちがあれほど敵意を剥き出しにしてきたのもよくわかるというものだ」

「うん……ごめんね」

「別にお前が謝ることではない」

しかし、このままでは不味いかもしれない。

下手をすればエルフと帝国の戦争にまで発展する可能性があるぞ。

「アリアは人間が憎いか？」

「……憎いって気持ちより、怖いかなぁ。なんで自分たちが持っている物で満足できないんだろうって」

「たしかに、人の欲は際限がない」

元々の原作でも、グランバニア帝国は南へと侵攻していった。

ラスボスであるシオンの目的は、クヴァールの意思を受けて世界そのものを支配することだったからまだわかる。

だがしかし、他の帝国民は普通の人間だ。

そんな彼らでさえ、勝利に酔い、侵略される土地の人間にも家族がいることを忘れ、ただ暴虐の限りを尽くした。

「それは森で過ごすお前たちには、理解できない感覚だろう」

「僕たちは、ただ静かに暮らしたいだけなのに……」

「アリアさん……」

蹲《うずくま》るように泣き出したアリアを、フィーナが悲痛の面持ちで見る。

正エステア教会の聖女である彼女は、人間の汚い所もたくさん見てきたはずだ。

その度に心を痛め、それでも己の傍に在り続ける神を信じて信仰を続けた。

だが、こうして実際に人間によって被害を受けた『人以外』の存在を見たのはきっと、初めての経験だったのだろう。

「リオン様……こういうとき、私はどうしたらいいのでしょうか？」

「さてな」

戸惑ったような、救いを求めるような瞳でこちらを見てくる彼女に、俺はなにも答えてやらない。

なぜならここは選択肢を間違えたらリロードできるようなゲームの世界ではなく、現実なのだ。

だからこそ、自分の道は自ら切り開いていかなければならない。

「ごめんね、これから宴なのにしんみりさせちゃって。えへへ、えっと、もう大丈夫だから」

明らかに無理をした笑顔。だがそこには強い意志を感じ取れた。

涙をぬぐい、元気な姿を見せるアリアの姿は、子どもとは思えないほどに美しい。

「リオン君？」

「アリア、私はその精霊たちが恐れる存在に心当たりがある」

「……本当？」

「ああ。もっとも、実物を見ていないから確信はないがな」

精霊たちが逃げ出した、ということは精霊が恐怖する存在がそこにいたという仮説が立てられる。

『幻想のアルカディア』ではエルフという存在がいないため、精霊術に関する記述はなかった。

だがしかし、物語の中で精霊という存在と関わることはある。そして、その内容というのが……。

「精霊喰い。強い力を持っているわけではないが、精霊たちの力を奪う、彼らの天敵だ」

そして奪った力は、破壊の神クヴァールへと捧げられた。

つまり今回の敵は――。

「く、くくく……まったく、まるでゴキブリのように這い出てくるやつらだな」

散々叩き潰してやったというのに、どうして俺の道の先に現れるのだ奴らは！

「り、リオン様？」

「リオン君……凄い怖い顔してるけど」

「……すまない。少し苛立《いらだ》つ奴らの気配を感じただけだ」

ただの奴隷商人や冒険者が相手であれば、俺もこの力を振るうことにためらいを感じてしまう。

だが敵がクヴァール教であるというなら話は別だ。

やつらの外道さは、俺が誰よりも知っていた。

だからこそ、俺は決めていたのだ。

——私の破滅フラグを増やそうとする輩は、すべて叩き潰すとな！

「……まあとはいえ、今から宴があるのだろう？　ならばまずはそれを楽しませてもらう」

「あ、うん。盛大におもてなしするからね！」

俺の力の一端を感じたアリアが少し驚いた様子。

それに申し訳なさを少し感じながら、俺はこれからのことを考えて、暗く嗤《わら》うのであった。


なんとなく、エルフというのは森の恵みだけで生きているイメージがあった。

宴と言われても野菜の盛り合わせなどで、簡素なものだと思っていたくらいだ。

「だがこれは……中々壮観だな」

夜になっても周辺一帯にくべられた篝火《かがりび》によって灯りに困ることはなく、美しいエルフの女性たちから運ばれる料理の数々は、肉やパンなども含まれ、少なくとも帝国の小さな村で出せる代物ではない。

一品一品と丁寧に調理されたのが分かる。

香ばしい匂いを漂わせており、横に並べられた酒と相まってこちらの食欲をそそってくるのだ。

「凄い盛り上がってますね」

「正直、エルフという種族に対する無知を恥じてしまう光景だ」

少し離れたところではダンスをして場を盛り上げている者、酒を飲み比べしている者、そして食を楽しみ笑い合っている者。

人間嫌いであるエルフが、自分たちに対してこれだけのもてなしをすることは、正直まるで考えていなかった。

「裏を返せば、それだけ問題になっているということでもある」

「……そうかもしれません」

アリアの話では、ここ最近エルフたちの失踪が続いている。

理由は人間たちによる拉致なわけだが、これまでは誰一人として戻ってきた者がいなかったために細かい状況もわからなかった。

ただ今回、アリアが俺の手によって救われたことで、やはり人間の仕業であることが分かった。

そして、精霊喰いというエルフに対する切り札を知ることができたのは、彼らにとっては一つの光明となる。

今回の宴はアリアを連れて帰ってきたことだけではなく、その切っ掛けを作った功労者に対する感謝があるのだろう。

「あ、リオン君！　それにフィーナ！　どう、楽しんでる？」

エルフのイメージ通り若草色をしたドレスに身を包んだアリアが、俺たちの方へと近づいて来る。

「アリアか。そうだな、初めての経験で新鮮だ」

「そっかそっか！　ならよかったよ！　あれ、レーヴァは？」

「レーヴァさんなら、あそこに」

フィーナの視線の先には、スルトを中心としたエルフの戦士集団がいた。

元々の美丈夫《びじょうふ》であるため華やかなはずのエルフだが、なぜかあそこだけは妙に男臭い雰囲気。

「なにをやっているのだあいつは？」

「力試し、かなぁ？」

テーブルの上に肘をつき、腕相撲をしている様子。

というか、レーヴァは見た目が子どものためエルフたちと腕の長さが全然合っていないのだが……。

「あ、ひっくり返されましたね。エルフの方」

「え？　レーヴァってあんなに強かったの？」

テーブルに腕を叩きつけられたエルフの戦士は呆然としながら、なにが起きたのかわかっていない様子。

それを挑戦的な眼差しで見ながら、レーヴァは周囲を窺っている他のエルフたちをさらに挑発する。

力自慢のエルフたちが次々とレーヴァに挑み、そして敗北していくと次第にエルフたちの輪が大きくなってきた。

誰が最初に彼女に勝つか、そんな盛り上がり方だ。

「はーはっはっは！　我に勝てる者はいないかー！」

「うおおおお！！」

そんな高笑いとエルフたちの気合の入った声が、離れたところにいる俺にまで聞こえてくる。

「レーヴァさん、楽しそうですね」

「ああ……だが少々調子に乗っているようだな」

俺に負けて古代龍としてのプライドを崩されたからか、こうして勝てるときに勝とうとする姿勢は大事だと思う。

とはいえ、相手がエルフとはいえ龍が力勝負で負けるわけがないだろうに、やっていることが少々卑怯な気もするな。

「リオン様？」

「リオン君？」

また一人、エルフの戦士がひっくり返されたところで俺が立ち上がると、二人が不思議そうな顔をした。

「なに、少し羽目を外してくるだけだ」

そんな彼女たちに薄く笑い、俺は歩き出す。

目的はもちろん、エルフたちを倒して高笑いを続けているレーヴァのところ。

「次は貴様か。たしかスルトと言ったな！」

「おおとも！　これだけエルフの戦士たちが倒されて、黙って見てはおれん！　大戦士である私が相手をしようではないか！」

　エルフたちの影に隠れながらレーヴァとスルトが腕を合わせる。

　全くかみ合う気がしないほどの体格差だが、その内に秘めたパワーは全く逆。

「行くぞぉぉぉぉぉ！」

　審判が手を離した瞬間、スルトの気合いが籠った声。だがしかしレーヴァの腕はまるで固定されているかのように動かない。

「くふふ……まだまだ青い青い！」

「ぐ、ぬぬぬ……」

「貴様がここのエルフ族で一番強いというのであれば、今日から我がトップとして君臨してやろうではないか！」

「なんの、私はまだ本気を出していないだけ、だぁぁぁぁ！」

「むっ？」

　ほんの少し、レーヴァの腕が動く。それは本当に予想外だったのだろう。

　そして同時に――彼女の中にあった古代龍としてのプライドが傷つけられた。

「まさか我が小さき者に、わずかとはいえ押されるとは……」

　彼女の緋色の瞳が一瞬燃え上がり、そして黄金色へと変貌する。

「だがそんな奇跡もここまでだ！　我に勝てる者など……勝てる者など……ぁ」

　黄金の瞳が俺に気付く。

そしてパクパクと口を開け閉めしながら言葉に詰まり、額からダラダラと汗を流し始めた。

どうやら自分が下僕になったことも忘れて、調子に乗っていたことに気付いたらしい。

「まあ、もう遅いがな」

俺は全力を出してレーヴァの腕を押し続けているスルトに強化魔術をかけてやる。

その瞬間、先ほどまで動く気配のなかったレーヴァが急に慌ただしくなった。

「ぬわ!? ちょ、主!?」

「お、おおおお! なんだこの身体の奥底から溢れる凄まじいパワーは! まさかこれは私の奥底に眠っていた力が覚醒しようとしているのか? いや、今はなんでもいい! エルフ族たちの無念、この私が晴らしてみせる!」

「いや違うこれはお主の力じゃなくて――ぬ、ぬおおおお!?」

「おおおおおおおお!」

凄まじい力によってテーブルが割れてしまい、そしてレーヴァの小さな身体はひっくり返りながら地面に落ちる。

「見たかエルフの戦士たちよ! お前たちの仇は、戦士長スルトが取ったぞぉぉぉぉ!」

「「「おおおおー!」」」

そうして起きる大歓声。

完全に盛り上がっているエルフたちを横目に、俺は地面に倒れたまま呆然としているレーヴァを拾いに行った。

「主……」

「なんだ？」

「……ずるい」

「古代龍のくせにエルフ相手に力勝負をして調子に乗るからだ」

しかも最後は少しだけ本気を出そうとしていたからな。

さすがにあの辺りで抑えておかなければ、取り返しのつかないことになりかねなかったのだ。

まあ、お灸をすえるつもりだったのは、否定しないが。

「もう十分調子に乗っただろう？　出された料理も中々に美味だからな。それを食べて機嫌でも直せ」

「はぁ……そうするかぁ」

レーヴァはのそのそと立ち上がり、スルトを胴上げするエルフたちの横を通ってフィーナたちのところへ戻って行く。

それを見送ってから、俺はこちらをじっと見てくる一人のエルフの方へと歩いて行った。

俺を見ていたのは、一人の老婆。

手足は細く、身体もかなり小さい。

顔はかなり皺が入り、若くて美麗なエルフのイメージからはずいぶんと離れている。

エルフは二十を超えてからはほとんど見た目が変わらない長寿の種族であるが、だからといって年を取らないわけではないのは周知の事実。

具体的な寿命はほとんど記されていないが、おそらく千年単位で生きられるのは間違いないだろう。

そんな中でこれほど見た目に年齢が出るとなると……。

「先ほどは見事じゃったの」

「わかるのか？」

「これでも、年だけは重ねておるからな」

宴の喧騒は続いている中、老人の声は風に乗るようにはっきりと聞こえてきた。

どうやら風の精霊たちが彼女を手伝っているらしい。

エルフ族の長老とは、この里に着いたときに挨拶だけはさせてもらった。

美しい男性のエルフでそれなりに貫禄があったが、このご老体に比べればまだまだ若さに溢れているエルフだ。

「貴方はこの里の長老よりも上にも見えるが……」

「フォフォフォ、もう長老すら終えたただの婆じゃよ」

「なるほど」

「シル婆、と呼ばれておる」

目が見えないのか、老婆は一度も瞳を開こうとはしない。

それでも彼女の視線は絶えず俺を見ており、おそらく精霊の力かなにかが働いているのだろう。

「それでシル婆とやらは、私になんの用だ？」

「なに、我が子を救ってくれたお礼をしたいと思ってのぉ」

「我が子？」

「エルフ族はみんな、我が子も同然」

つまり、血縁的な意味ではなく、家族としてお礼がしたいということか。

「別に必要ない。私はただこのエルフの里に観光に来ただけだからな」

「そうかそうか……それで、お主から見てこの里はどうだ？」

「美しい場所だ。自然に溢れ、森の木々一つ一つに宿る生命は力強い。人の手が入らないまま時が止まっているようにも見える」

人は常に今よりも上を目指して動き続ける。その結果、快適さ、便利さを求めてあらゆる物に手を出していった。

森の木を伐り、大地を耕し、動物を育て、人すらも使う。

この世界で最も恐ろしい生物はきっと人間だ。だが――。

「私には、この停滞がなによりも恐ろしい。自然の摂理に逸脱しているとさえ感じるくらいだ」

本来なら自然破壊をしているのは人間で、森とともに生きるエルフこそが自然の摂理に従っているだろう。

だがそれでも、俺にはこの場所がどこか幽世《かくりよ》のように見えて仕方がなかった。

「そうか……そう見えるか」

「ああ。人であろうと、エルフであろうと……言葉を交わせる以上、永遠に関わり続けないでいることは不可能だからな」

これまで人間とエルフの関係はあまりにも歪《いびつ》だった。

人間はエルフを奴隷として生き物として下に置き、エルフは人間を野蛮な生き物と揶揄《やゆ》して敵と見る。

本来、そんな関係が何百年、何千年も続けられてきたこと自体があり得ないことなのだ。

言葉があり、触れ合う機会がある以上は絶対に……。

「やはり……お主ももう無理だと感じておるか？」

「ああ。精霊喰いなどというものまで用意したということは、本格的にこの里に襲い掛かってくるのも時間の問題だ。たとえ結界があったとしても、もう無理だろうな」

そこから先の展開は容易に想像できた。

人間たちによるエルフの里の襲撃。

それも準備万端で来るとなれば、精霊の力が使えないエルフたちが一方的に蹂躙《じゅうりん》されるのが目に見える。

「お主は人間であるが、どこか違うふうに感じる」

「……」

「これも精霊の導き……どうか、我らを助けてくれんかの？」

懇願するような声。

少し離れたところでは仲間が帰ってきたことを祝うために、エルフたちが騒いでいる。

楽しそうな彼らが見ているのは今。

しかし、この老婆はただ一人未来を見ている。

だが――。

「貴様、私を舐めているのか?」

「っ――!?」

俺はシル婆を睨み、周囲に影響を与えないように殺気をぶつける。

他のエルフやフィーナはなにも気付かない。

レーヴァだけが一瞬こちらを見たが、睨まれているのが自分ではないと理解してからは、ホッとした様子で食事に戻っていった。

「な、なにを……?」

「人に頼みごとをするときは、きちんと顔を合わせるのが常識であろう? それとも、魔力で編み込まれた皮ごと剥いで無理やり引き出してやろうか?」

俺がゆっくりと手を伸ばす。

その瞬間、老婆とは思えない俊敏な動きで少し後ろに飛んで俺と距離を取った。

「……ふふふ」

先ほどまでのしわがれた声とは異なり、鈴音のような美しい音がこちらの耳に入る。

そして閉じられていた目がゆっくりと開き、翡翠色の宝玉にも見える瞳が俺を見た。

「ごめんなさいね。試すような真似しちゃって」

見た目からは考えられない、若々しい声。

ギャップの大きさに普通なら驚くのだろうが、元々身体と魂が合ってないことには気付いていた。

あっさりと正体を現したことは意外だったが、隠していたということはなにか意図があるということだろう。

周囲は俺たちの様子に気付いた様子がなく、祭りを楽しんでいる。

どうやら風の魔術で俺たちの声は聞こえないようにしているらしい。

「でもこの姿なのは許して欲しいわ。だって貴方も幻影魔術で姿を変えてるでしょ？」

「少なくとも、私の身体は本物でありこの場にいる」

「あら……そんなことまで分かるの？」

「魔力の揺らぎを見ればな」

シル婆と向かい合いながら、『本当の彼女』がこの場にいないことは気付いていた。

魔術で姿を変えているだけではない。そもそもこの身体自体が人形であり、本体がどこか遠くから操っているのだ。

「……今まで誰にも気づかれたことなかったのだけれど、凄いわねぇ」

「閉鎖空間に引き籠もっているからそう思うだけだ。外の世界に出れば、もっと多くの者が気付くとも」

「あらあら、それはそれで面白そうなんだけど……残念ながら私の本体は動けないから仕方がないわ」

「なるほど」

つまりこいつの正体は――。

「あ、もし気付いても言葉にするのは駄目よ。だって私は今ここに在るんだもの。たしかに本体は別のところにあるけれど、このシル婆は本物だから」

ウィンクをしながら明るい声を出されると、元の見た目との差が激しすぎて精神攻撃を受けたような気分になる。

「それで貴様は結局、なんのつもりで私に近づいて来た？」

「さっき言った通りよ。この里は今、人間たちに狙われている。だから助けてってだけ」

「貴様が力を出せば解決する問題だろう？」

「私の力は安易にエルフたちに使っては駄目なの。それは自然のルールから逸脱してしまうわ」

「……ふん」

面倒な立場だ、と彼女を見ながら思った。

見守ることはできても、助けることはできないなど、そこにいるだけでも辛いことだろうに。

「もし助けてくれたら、色々とお礼はするわよ」

「そもそもなにをもって助けると言える？」

助けると言っても、色々と種類がある。

単純に襲撃者を撃退するだけであれば簡単だが、それはエルフたちを助けたと言えるのだろうか？

結局のところ、今回が駄目でも次また襲撃をすればいいというのであれば、なんの意味もない。

「それは貴方にお任せするわ。だってきっと、その方がこの里のエルフたちの未来は明るいもの」

「……後悔するなよ？」

「ええ。私って結構長く生きているけど、勘は鋭いほうだから大丈夫よ」

「そうか……なら、礼はたっぷり用意しておくことだな」

話は終わった。

そう告げて俺は老婆に背を向けてフィーナたちの方へと戻る。

――貴方に世界樹の導きがありますように。

そんな声が風に乗って俺の耳に入ってきたが、振り返ることはしない。

彼女の依頼があろうとなかろうと、俺のやるべきことは変わらないのだから。

第六章　月夜の惨殺

深夜、貸し与えられた家から出た俺は明るい月に照らされた里の中をゆっくりと歩いていた。

宴によって騒ぎ疲れた面々は起きる気配もなく、里の中は先ほどまでの喧騒が嘘のように静まり返っている。

「……まあ、あれだけ暴れれば当然か」

スルトとレーヴァを筆頭に、エルフたちはそのイメージとはかけ離れた騒ぎ方をしていて、俺も呆れてしまったものだ。

とはいえ、この身体に転生してからあんなふうにバカ騒ぎを見ることは少なかったため、少しだけ新鮮さを感じていることもまた事実。

「ふっ……」

いずれ破滅する運命だった俺にとって、帝国はあまりにも息がつまる場所だった。

近づく者は誰一人信用できず、与えられるすべてを疑わなければならない日々。

たった一人、生まれたときから傍に置き続けていた弟だけが唯一信頼できる存在だった。

「そういえば、やつは元気にしているだろうか？」

手紙だけを残して旅立ってしまったため、少しだけ心配してしまう。

弟は俺が一からすべてを教えたので、そこらの人間より遥かに優秀だから大丈夫だと思うが……。

「さすがに今度、手紙でも送っておくか」

もっとも普通に送ると帝国の検閲を受けてしまうので、なにかしら手段を考えなければと思う。

まあ俺の力を知っている弟のことだ。

こちらの心配はしていないはずなので、そのうちでいいだろう。

「さて……」

結局、里の中を歩いていても誰にも気付かれることはなかった。

そのまま結界を抜けて森の中へと入っていくと、虫の音が小さく鳴り続け、夜行性の獣たちが走る気配がある。

アークレイ大森林は強力な魔物たちの巣窟であるが、その中でも生き延びている普通の獣たち。

彼らは彼らなりに生きるための術を持っていることを考えると、自然とは凄いものだと考えてしまう。

「だからこそ、そんな自然を侵す害獣どもは始末しなければならない」

カサカサと、明らかに自然のものとは違う音が俺の周囲を囲う。

「……人間、だと？」

「なぜ人間がエルフの里から……？」

曇ったような声を出すのは、明らかに怪しい風貌の男たち。

顔には黒いターバンのようなものを巻き、全身には体格が分からないように少しダボついた服とマント。

今見えているだけでも十を超え、こちらを警戒するように隠れている者も含めれば、おおよそ三十人はいるだろう。

夜闇に紛れるような姿をする存在を、俺は『生まれる前から知っていた』。

「こんな夜も遅い時間に訪問とは、ずいぶんと躾《しつけ》のなっていない犬どもだな」

「なんだと……？」

「しょせん命令を聞く以外に能のない、犬どもだと言ったのだ」

「っ――!?　貴様っ！　我らを愚弄《ぐろう》するか!?」

感情を逆なでるように薄く笑ってやると、先頭に立つ男が苛立ったような声を上げる。

他の男たちもそうだろう。

周囲一帯に殺気が充満し、辺りにいた野生の獣たちが怯えたように逃げ出し始めた。

「貴様がなぜエルフの里から出てきたのかは知らんが、我らの姿を見た以上生きて帰られると思うなよ！」

「五体バラバラにして、獣どもの血肉としてやろう！」

その言葉を皮切りに、姿を見せている男たちが一斉に武器を構えて襲い掛かってくる。

一人一人が帝国騎士団の上位に匹敵する実力者。

もし彼らがエルフの里を襲っていれば、戦士長であるスルトですら苦戦をまぬがれないだろう。

それこそがクヴァール教団が誇る暗殺部隊――黒狼《こくろう》だった。

だが――。

「相手が悪かったな」

「――ッ!?　ぁ……」

最初に近づいて来た男の短剣を躱《かわ》し、俺はそのまま首を掴む。

ゴキリ、と静寂が続いていたはずの森の中で鈍い音が響き渡った。

「なっ？」

「驚いている暇はないぞ？」

手をかざし、軽く魔力を込めると目に見えない風の刃が飛び、そのまま男たちの上半身と下半身を真っ二つにする。

「「「っ――!?」」」

これで襲い掛かってきた男たちは全滅。

その様子を隠れて窺っていたやつらから動揺が伝わってくる。

未知の敵を前に逃げるか戦うかで迷っているところだろう。

「そのような迷いに意味はないと言うのに……」

俺はこいつらを一人として逃がすつもりはない。

「アースウォール」

膝をついて地面に触れた瞬間、周囲一帯に大地が盛り上がり土の壁ができ上がる。

本来は自分の前に展開することで敵の攻撃を防ぐ魔術で、二メートルほどの大きさとなるそれだが、俺が使うと軽くその十倍の高さとなる。

円形に展開したことで逃げ場はなくなり、空を飛べない限り、これを超えることは不可能だろう。

「なんだこれは!?」

「アースウォールと言ったか？　こんな出鱈目なものが、下級魔術であるはずがない！」

驚きの声が辺りから響き渡る。

そんなに声を出せば居場所などバレバレになってしまうだろうに。

俺は声を出した方向へ順番に風を飛ばす。

その風は寸分違わず木々に隠れていた男たちの胴体を斬り飛ばし、そして地面へ肉塊が落ちていく。

「い、一斉に攻撃だ！　あいつを止めなければ全滅する……ぞ？」

そんな指示を出した瞬間、俺の風が真っ二つにした。

なにが起きたのか理解できないといったふうに、その男は絶命する。

「懲りないやつらだな。そもそも貴様らは、私の前に出てきた時点で詰んでいるのだ」

「っ——!?」

「貴様らの目的などどうでもいい。なにせエルフたちが助けを求めようと求めまいと——」

——クヴァール教団の犬どもはすべて駆逐すると決めているからな。

空に浮かぶ三日月と同じような笑みを浮かべて、俺はそのままゆっくりと黒狼たちに近づいていった。


そして——。

「ひ、ひぃ……助けて……ください！」

俺との力の差を理解して抵抗は無意味と感じたのか、それともただ恐怖に怯えているからか。

残り五人となったところで黒狼たちは完全に戦意を喪失し、まるで神に懺悔《ざんげ》をするように両膝を付いた。

「……死にたくないか？」

「は、ひ、あ？」

「死にたくなければ、私の問いに答えろ」

「は、はい！」

涙を流し、鼻水を垂らしながらも希望に縋《すが》る男。

「そうだな。有益な情報を言えた者から順番に逃がしてやろう」

俺はアースウォールに人が通れる程度の穴を空け、そちらに指をさす。

「ただ、嘘を吐いたと私が感じたら、その首を刎《は》ねる」

「は、はい！」

「それではまずは――」

そうして俺は一通りの質問をし、そして約束通り五人全員をこの場から逃がしてやった。

外にはこの中に漂う血肉の匂いに釣られてやってきた魔獣どもが山ほどいるだろうが、それは知ったことではない。

たとえやつらの断末魔が響き渡ったところで、俺は『約束通り』この場からは逃がしてやったのだから。

「……さて、それではこれから来るらしい『本隊』とやらを待ちながら、月見酒でも楽しむとするか」

ときおり聞こえてくる悲鳴に心を高ぶらせながら、丁度いい大きさの岩に腰を下ろして空を見上げる。

どの世界でも、やはり月というのは美しいと、そう思いながら――。


「なんだこりゃ……」

そんな声が聞こえてきたのは、エルフの里から持ってきていた酒を飲み終わった頃。

近づいて来る気配にはとっくに気付いていたが、せっかくいい気分で楽しんでいた月見酒を止める理由にはならず、俺は一人でこの世界の空を楽しんでいた。

先ほど叩き潰した黒狼曰く、あの三十人はあくまでエルフたちの動向を伺う先発隊。

後から来る『本隊』こそ、エルフ族を襲撃するための戦力だという。

そして今、その本隊のリーダーであろう男が、瞳を血走らせながら俺を睨んでいた。

他の黒狼たちは闇に紛れる暗殺者のような恰好をしていたが、目の前の男は一人だけ薄い黒のインナーの上からマントを付けているだけ。

極限まで鍛えた肉体こそが武器なのだとアピールするように、インナーの上からでも浮かび上がった筋肉が歴戦の戦士を彷彿《ほうふつ》させる。

それなりに高身長である俺よりも頭二つは大きく、背負った巨大な鬼切り包丁は大木ですら一薙ぎで真っ二つにしてしまうことだろう。

「俺様の部下どもを殺したのはテメェかぁ？」

「だったら？」

「殺せぇぇぇ！」

男が鬼切り包丁を抜き、こちらに向けて怒号を上げる。

その言葉に煽られるように、周囲で待機していた黒狼たちが一斉に襲い掛かってきた。

「懲りないやつらだ……」

俺はその場から一歩も動かない。

黒狼たちは暗殺者としてあらゆる武器、魔術、そして毒を使いこなし、相手を殺すことだけに特化した部隊。

普通ならば、彼らに狙われて生き延びられる者などいない。

「もっとも、私は普通ではないがな」

「ヒギィ!?」

「ギャッ!?」

闇に紛れて音もなく近づいて来ようが、どんな武器を使おうが、どれだけ人数を集めようが……。

周囲に無数の魔力球を浮かべ、それらを全方位に解き放つ。

それだけで近づいて来た黒狼たちは避ける間もなく全身穴だらけとなり、地面に崩れ落ちた。

「な、なんだと？」

「今ので二十人ほど……」

本隊というだけあって、先ほどよりも実力のある者が選抜されていたのだろう。

まだ息のある者が多く、しかし俺は容赦なくそいつらに止めを刺した。

「どうした？　私はただ一歩も動かず、魔力を飛ばしただけだぞ？」

「クソが！　おいテメェら、近付かずに魔術でぶっ殺せ！」

リーダーの声を合図に、森の影や闇に隠れたそれらが一斉に魔術を放ってきた。

あらゆる方向から飛んでくる火球や風刃、水の鞭や雷。

そのどれもが必殺の威力を込められており、もし並の人間がこの光景を見たら生きることに絶望するだろう。

「ふ……」

飛んできた魔術が俺に当たる。

瞬間、地面が爆発し砂埃が舞うため視界が完全にさえぎられてしまった。

それからしばらくして、爆音とともに飛んでくる魔術の嵐がピタリと止まる。

「はっ！　無防備に受けやがったぜこいつ！　こりゃ肉の欠片も残りはしやしねぇ……あぁん？」

嬉しそうな声を上げるリーダー格の男。だがそれも、砂埃が晴れて俺の姿を見て怪訝そうなものに変わる。

「まさかと思うが、これで終わりか？」

「なっ、無傷だと!?　あり得ねぇ!!」

「終わりなら、次は私の番だな」

軽く手を上げ、先ほど以上の数の魔力球を上空に生み出す。

小さな球体だが、そこに込められた魔力は先ほど飛んできたそれらを遥かに上回る。

「こいつは……やべぇ!?」

リーダー格の男が慌てて距離を取りながら、背負った鬼切り包丁を構える。

人一人で持ち上げるにはあまりにも重量のあるそれを小枝のように振るう姿は、その実力の高さを証明していたが……。

「魔力で作った流星群だ――ミーティア」

「う、うおおおおおお?」

煌めく星々が高速で堕ちるように、魔力球は森に隠れていた黒狼の面々を一気に貫いた。

声を上げる暇もなく、五十はいた敵はまるで虫がその生を終えるようにボタボタと木々から落ちていく。

そうして残ったのはリーダー格の男ただ一人。

「な、なんだ!?　なにが起きた!?　おいテメェら!　生きてる奴はいねぇのか!?」

「ほう、まさか耐えられるとはな」

「くっ――!?」

自分以外に生きている者が一人もいないことに慌てながら、男は鬼切り包丁をこちらに突きつけてくる。

だが最初にやってきたときは打って変わり、歴戦の戦士のような風貌は跡形もなく、化け物を見るような瞳で俺を見つめ、その剣先が震えていた。

「ち、畜生!! テメェ、いったい何者だ!?」

「私か?」

そういえば、こうして敵対した者に攻撃した後、生き延びていたやつはほとんどいなかったな。

ならばその健闘を称え、冥途の土産に教えてやろう。

「我が名はリオン。破壊神クヴァールを破壊する者だ」

「っ——!? そんなこと、人間にできるわけが——」

「できるとも……そのために私は生まれてきたのだから」

そうして目の前の男に実力差を見せつけるように、俺は魔力を解放する。

周囲の木々が揺れ、空間が歪み、わずかばかりに残っていた虫たちは一斉にその場から飛び散った。

そして絶対的な力の差を思い知った男は、身体を動かすこともできずに涙を流すだけ。

「あ、あ、あ……こんな、テメェ……人間じゃねぇ……」

「いいや、私は人間だ」

神たちに決められた運命を打破しただけの、どこにでもいるただの人間。

「さて、それではこれで終わらせよう……ん?」

男を捻《ひね》り潰そうとした瞬間、俺はわずかな魔力の揺らぎを感じた。

つい先ほどまでは感じなかったそれは、相当巧妙に隠蔽されている。

「どうやら、まだドブネズミが一匹いるらしいな」

「っ――!?」

俺が気配を感じたところに魔力球を放つと、その場から飛び去る影。

一つ、二つ、三つと魔力球を飛ばしてみるも、躱《かわ》されてしまう。

どうやらこれまで襲ってきた者たちとは比べ者にならない実力者らしい。

その全てを躱しながらこちらに近づき、もはや戦意を喪失した男の前に立つのは、ローブ姿のメガネをかけた優男。

後ろにいる戦士に比べて、ずいぶんとひ弱そうな身体だが……。

「こんばんは、恐ろしき魔力を秘めた魔術師殿?」

「ふん……」

俺の威圧を受け、それでも穏やかな風貌を崩さない。それだけで只者《ただもの》ではないことがよくわかる。

「貴様もクヴァール教の者か?」

「ええ。若輩者の身でありますが大司教の地位に就かせて頂いている、イザークと申します」

「ほう……」

大司教――それは本来の歴史で俺をクヴァールへと変貌させた物語の黒幕、大司教オウディと同じ地位。

しかしオウディでさえ最期は俺に恐怖し逝った者だが……この男はずいぶんと余裕があるように見える。

「しかし恐れ入りました。まさか人の身でここまでの高みに辿り着ける者がいるとは……破壊神様を破壊する、というのも大言壮語というわけではなさそうで」

「当然だ」

「ふふふ。本気であるのであれば……ここであなたを見逃すわけには行きませんねぇ」

眼鏡の奥の瞳が冷徹に笑う。

そして懐から一つ、なにかの指のようなものを取り出すと、それを後ろにいる男の口へと突っ込んだ。

「がっ――!? 大司教、いったいなにを――!?」

「さあ、指先とはいえ神の力……堪能してください」

その言葉とともにイザークは消え、残されたのは俺ともう一人。

「あ、が、う、が、え、が……あががががあがががががががが!?」

「これは……まさか……」

男の身体が膨れ上がり、そのまま肉塊が膨張していく。

子どもが粘土で遊ぶように姿形を変えていき、元の形状がわからないような状態。

いったいなにが起きているのか分からないが、しかし感じる力は『俺の慣れ親しんだ力』そのもの。

変形が終わったのか、そこに立っているのは黒い人型の『なにか』。

人形のように感情もなさそうなそれは、のっぺらぼうがただ立っているだけに見える。

ただし、そこにある力の大きさは普通の人間を大きく上回っており――。

「そうか……まだ私はこれと向き合わなければならないのか……」

忘れることのできないその力。

それは――破壊神クヴァールの力そのものだった。

「あぁぁ……あああああ……あー……アー、アー、アー……」

黒いのっぺらぼうはどこから声を出しているのか、間延びした無機質な音を鳴らすだけ。

まるで感情のないそれを生物と呼んでいいものか……。

「まあ、私には関係ない話だ」

のっそり前に進んでくる『人間だったなにか』が一歩踏み出す度に、足元の草木が腐るように溶けていく。

目の前にある生命すべてを終わらせようと、そんな本能のみで動いている姿は、ただただ憐れな存在だった。

「アー……アー……アー……」

「B級のゾンビ映画でも、もう少しマシな敵を出すだろうに……ゴミどもがやることは下らんな」

破壊神の欠片を飲み込んだ男はもはや正気など残っていないのだろう。

俺の傍までやって来ると、だらりと伸びた黒い影のような腕が振り下ろされる。

「あー……？」

黒いのっぺらぼうは、攻撃は当たったはずなのになんで倒れない？　と疑問を覚えている様子。

そして理性などなく、まるでゲームのNPCのように同じ行動を繰り返す。

透明の魔力障壁によって阻まれたことすら理解できていないのだ。

「ふ……」

指を向け、小さい黄金の魔力を飛ばす。

それはゆっくりと黒い影とぶつかり、その腕を弾き飛ばした。

「アー!?」

痛覚はあるらしく、先ほどまでとは打って変わり悲鳴を上げる。

しかし結局なにをすればいいのかわからない影は、先ほどと同じように俺を叩き潰そうとするだけだ。

鈍い音が森の中で何度も響く。

まるで祭りで大太鼓を何度も叩くように両手で攻撃してくるが、しかしそれでも俺の魔力障壁を突破することは叶わなかった。

「……もういい」

「アー……?」

「正直貴様を憐れだとは思うが、それ以上にその不愉快な力を振り回される怒りの方が大きくなりそうだ」

影の力の源泉。それは『俺《私》』を破滅へと導く存在のもの。

たとえそれが指先一つ程度であっても、この世に残しておくつもりはない。

「まったく……この世界はどこまでも私のことが嫌いらしい」

少なくとも原作である『幻想のアルカディア』で、シオン・グランバニアが待ち受けていた破滅への道はすべて叩き潰した。

クヴァール教を先導していた大司教オウディも、この世に生まれたことを後悔させて地獄へと落としてやった。

教団にも致命的となるだけのダメージを与えてやり、これ以上活動できないようにしてやった。

もう俺の邪魔をする存在はなかったはずだ。

これから俺はこの世界を楽しもうと、明るい未来を歩こうと思っていた。

クヴァール教団など気にせず生きていこうとしていたのだ。

なのになぜこいつらは——俺の前に出てくるのだ。

「どれだけ潰しても湧いてくる蛆虫《うじむし》どもめ……」

この感情は『怒り』。

「貴様らが私を殺そうとするのであれば、私が貴様らを叩き潰してやる」

俺は魔力球を連続して黒い影に放つ。

徹底的に、ほんのわずかな肉片すら残す気はなかった。

「アー！　アー⁉　アアアアァァァァァァァ⁉」

悲鳴が響き、助けてと懇願するように声を上げる影。だが止まらない。止める気などさらさらない。

「消えろクヴァールの残りカス！　貴様のようなものは、この世界に必要ない！」

「ア、ア、ア……ギャァァァァァァァァァァ⁉」

そして――俺の魔力の前に完全に肉体を消滅させた影は、最初からそこにはなにもなかったかのように消えていった。

「ふん……」

ただ一人、そこに残った俺の苛立ちは収まることはない。

なにせもう二度と関わることのないと思っていた存在と相対することになったのだ。

「この鬱憤《うっぷん》は、貴様で晴らさせてもらおうか」

俺は誰もいない場所に手をかざす。

「構わないな？　イザーク大司教よ！」

「なっ!?　……ガァ!?」

掌から生まれた突風が、誰もいなかった場所を突き抜けて走る。

その瞬間、空間が揺らぎ一人の男が凄まじい勢いで壁にぶつかった。

「隠れてコソコソと、まるでゴキブリのような男だ」

「ど、どうして私がまだここに残っていると気付いた……？」

「魔力を完璧に隠蔽していたはず……か？」

先ほどまでの軽薄な笑みとは違い、余裕がなさそうな表情。

この年齢で世界の闇を司るクヴァール教団の大司教の地位に就くような男だ。

よほど自分の実力に自信があったのだろうし、おそらくこれまでの人生で、自分以上に才能溢れる存在に出会ったことがないに違いない。

「くくく……まさかあの程度で完璧とはな。あんな杜撰《ずさん》で、バレバレなほどに魔力を垂れ流しておいて、よく言えたものだ」

「そ、そんなはずはない！　私の魔力操作は完璧で……」

「魔力を消すというのは、こういうことだ」

その瞬間、俺の姿が世界から消える。

「な――!?　ど、どこにいった!?」

目の前にいるというのに、イザークはまるで俺が見えないかのような振る舞いをする。

実際、今この男は俺の姿が見えていないのだ。

ただ気配を消し、魔力を消し、そして存在感を消しただけ。実際に消えているわけではない。

それでも、イザークは俺を見つけることができなかった。

俺はそのままイザークに近づくと、その首を掴んだ。

「がっ!?　あ、あ、ぁ……」

「最低限、この程度をやってから『完璧』と言ってもらいたいものだ」

「し、信じられない……こんな、この私が……」

イザークは首を持ち上げられ、バタバタと足を動かしながら必死に逃れようとする。

だがもちろん、俺はそんな甘い男ではない。

徐々に、徐々に……わざと恐怖を伝えるようにゆっくりと力を込めていくと、口から泡を吐き出し始める。

「が、が、あ、あ、あ……」

「苦しめ、もがけ……クヴァール教団の蛆虫どもめ、二度と湧かないように一人ずつ、徹底的に壊してやろう」

「ひゃ、は、ひゃめ――ぁっ」

イザークがおかしな声を上げる。

その瞬間、抵抗していた身体や腕から一気に力が抜ける。

「む……？」

見れば、白目となり完全に事切れていた。

できる限り苦しめてやろうと思っていたが、どうやら力を込め過ぎたらしい。

「しまったな。なぜこの里を襲ったのか、聞けなくなってしまった」

オウディを殺したときも、本当ならクヴァール教団のすべての情報を吐かせてから殺してやろうと思っていたのだが、苦しめることばかりを優先してしまった。

どうにも自分は、クヴァール教団と関わるとやり過ぎてしまうらしい。

「まあいい。どうせこいつらがなにをしようと関係ない。私の邪魔をするなら、すべて潰してやるだけだ」

たとえクヴァール教団の残党どもがどれだけ残っていても関係ない。この力のすべてを使って叩き潰す。

そう決意しながら、ごみを捨てるようにイザークの死体をその場に落とす。

そして背を向けて歩き出すと、まるで俺が去るのを待っていたかのようにアークレイ大森林の獣たちが近寄って来た。

「あの蛆虫どもに比べれば、獣の方がよほど賢いというものだ」

なにせ、力の差をしっかりと理解して、生き延びるために行動ができるのだから。


昨夜の惨殺などあってもなくとも、太陽は昇るもの。

朝食を食べ、そしていつも通りの日常が始まる。

「エルフの里は自然豊かで、歩いているだけで楽しくなりますね」

「そうだな」

昨日はエルフの里を観光する暇もなく宴が始まってしまったためゆっくりできなかった俺は、フィーナと散歩を楽しんでいた。

「レーヴァさんも来れたら良かったんですが……」

「よくもあれだけグータラできるものだな。まあ、奴がいてはこんなに落ち着いて散歩もできんから構わないが」

「あはは……多分宴ではしゃいじゃって疲れていたんですよ」

木々の隙間から差し込む陽光がキラキラと輝き、現代社会から遠く離れた森の中はとても穏やかな時間が流れている。

少し辺りを見渡せば、早朝でありながらエルフたちはすでに起きており、各々の仕事に従事していた。

内容は分からないが、おそらく人間の村とそう大差はないだろう。

子どもたちも親の手伝いをしているらしい。

中には遊んでいる者もいるが、それはそれでいいと思った。

少なくとも、誰も信用できない王宮で一人、邪魔する者を始末することばかり考えているよりはよほど健全だ。

「こういうのも、たまには悪くはないな」

この世界に転生してからは息つく暇もなかったため、穏やかな時間というのは俺にとって貴重なものだ。

もちろん一生こうしていたいとは思わないが、こういう時間が大切だとも思う。

「私もずっと聖エステア教会から出たことがなかったので、こういうのもいいなってちょっと思っちゃいますね」

「そうか」

そういえば、フィーナは幼い頃に神託を受けて、それ以降はずっと教会で育てられてきたという設定だったはず。

本来の歴史であれば、ちょうどこの時期に神託が下り、南に向かって旅を始めるのだったか。

旅の中で天秤の女神アストライアの力を徐々に使えるようになり、最終的には主人公たちを導く存在へと変わるのだが、この世界では違う道を歩んでいる。

「神託がなければ、あのまま教会の中で過ごしていたのか？」

「きっとそうですね。それが当たり前だと思っていましたし、周りの人たちはとても親切な方ばかりだったので気にしたこともなかったのですが……」

その続きを彼女が語ることはない。

外の世界の方が素晴らしい、と言うにはフィーナの知っている世界はあまりにも狭かったのだから。

「しかしそれでよく、一人で旅に出ようと思ったものだな」

「それはその、神託でしたし……それに本などで旅の常識などは知っていましたから」

「一つ言っておくと、盗賊ごときに後れを取るような女が護衛も雇わず一人で旅をするなど、襲ってくれというようなものだぞ？　ましてや貴様のような美人であれば尚更だ」

「え？　え？　え　あ、あ、あの……その……そそ、それって？」

暗にそれは常識知らずだと突きつけてやると、フィーナはどこか動揺した様子を見せる。

そんなに傷付くようなことを言ったか？

確かに弱いなどと言われて気をよくする者はいないだろうが……。

「私、えっと、別に美人ってわけでは――」

「それでも事実は事実として受け止めてもらいたいものだ」

「ひゃい!?」

「ん？　すまない。言葉が被ってしまったな」

「い、いえいえ!?　なんでもないです！　なんでもないですとも！」

珍しく声を荒げるフィーナに俺は首を傾げながら見ると、彼女はそっと視線を逸らした。

出会ってからこれまで、聖女というに相応しい淑女の雰囲気であったが、今はまるで年相応の子どものようだ。

とはいえ実際、十六歳といえば子どものようなもの。

そう考えると、この危険極まりない世界に一人で旅をさせる神もよほど意地が悪いと思ってしまうな。

「まあ、私とともにいる間は守ってやるさ。最初に同行を許可したのは私の方だからな」

「リオン様、えと……ありがとう、ございます」

なぜ礼を言いながら顔を背ける？

「今リオン様を見たら絶対に、ひゃーってなるからですよ！」

「ひゃ、ひゃー……？」

おそらく、この世界にやってきてから今までで一番意味不明な言葉に直面した。

ひゃー、とは一体なんなのだ？。

「そ、そんなことを凛々《りり》しい顔で真剣に考えないでください！　考えるの禁止！」

「む……だがしかし、知識の探究は魔術師としての義務であってだな……」

「全然魔術のことと関係ないですから大丈夫です！　リオン様はちょっと普通からずれてます！」

「そんなことはない」

たしかにこの世界にやってきてから、帝国の皇族として育てられてきた。

それゆえに一般人としての感覚が理解できないように思われるが、しかし俺は元々どこにでもいるサラリーマン。

当然ながら、一般的な金銭感覚はもちろん常識だって捨ててはいないのだ。

「おそらく私以上に普通の感覚を持っている皇――男はいないとも」

「なんでそこは自信満々なんですかぁ……もう」

危うく皇族であることを言い放つところだったが、なんとか誤魔化せたらしい。

しかし聖女である彼女に、普通からずれているなどと言われるとは思わなかった。

まさか……本当に俺は一般的な感覚からずれているのだろうか？

「でもリオン様がそう言って下さるから私は――」

「あ、リオン君だ！　それにフィーナも！」

「む？　アリアか」

「うん！　二人は散歩かな？」

元気いっぱいと言った様子で明るい声を上げるアリアの登場で、少しおかしかった空気が一変する。

「こうして自然を堪能するのも嫌いではない」

「だよねだよね！　リオン君がいいならここに住んでもいいんだよ？」

「さすがに人間の私が、エルフの里に住むわけにはいかないだろう」

「えー、リオン君は人間だけど恩人だからみんないいって言うと思うけどなー」

しかし最初に会った時に比べて、ずいぶんと元気になった。

やはり故郷に戻ってきたことが大きいのだろう。

この快活明瞭な雰囲気は周りを明るくしてくれるもので、軍団の士気を上げることにも有効かもしれない。

……このまま帝国にスカウトしてしまうか？

戦闘能力はいまいち……といってもエルフである以上は期待もでき、貴重な人材として活用できるかもしれない。

なにより彼女を受け入れることで、エルフ族と人間の確執も解消できる可能性があり、意外と悪くない気がしてきた。

そもそもの話、俺は奴隷制度自体が気に喰わない。

元々そうだったが、それをクヴァール教団が利用しているというのであれば余計にだ。

思い付きにしてはいいアイデアが出てきた、と思ったところでエルフの老婆であるシル婆がこちらを見ていることに気付く。

彼女はどこか意味深に笑い、俺を誘っているらしい。

「あれ？　そういえばフィーナ、顔紅くない？」

「ちょ、ちょっと太陽に当たり過ぎました！」

「でもこの森、木が陽光を遮ってくれるから涼しいよ？」

二人が楽しそうに会話をしている。

俺は二人から離れ、こちらを見ているシル婆の元へ向かうと、彼女は微笑みを見せてくる。

「これで満足か？」

「ええ。本当にありがとうねリオン君。まさかあそこまでやってくれるとは思わなかったわ」

「別に、貴様のためにやったわけではない」

たしかに彼女にはエルフたちを助けて欲しいと頼まれていた。

だが別に、この老婆に義理などないので無視しても良かったのだ。

やって来たのがクヴァール教団だったから丁度良かっただけで、本当は適当に追い払う程度で終わらせるつもりだった。

「ふふふ、まあそういうことにしておきましょうか」

「こちらを見透かしたような笑い方は止めろ。不愉快だ」

俺が睨むとシル婆はより笑みを濃くする。

暖簾《のれん》に腕押しというか、まったく食えない婆だ。

「そんなことより貴様、礼の話は覚えているだろうな」

「もちろんよ。私の子どもたちを助けてくれたんだから、できる限りのお礼はさせてもらうわね。でも、その前に……」

これまで笑っていた表情から一転、シル婆は真剣な瞳となる。

「できれば、これまで攫われた子どもたちも救って欲しいのだけれど」

「おい――」

俺は殺気を込めてシル婆を睨む。

今度は先ほどまでのじゃれ合いとは違い、本気の睨みだ。

「貴様、舐めているのか？　私は試されるのが嫌いだ。もっと言うと、約束を破る者を許す気はないぞ？」

「……もちろん、それに見合ったお礼はさせてもらうわ。それに別に里を守ってくれたお礼も別です。だけどそれだけじゃ、この里の子たちが本当の意味で笑えないから……」

しばらくの間、俺はシル婆を睨み続けるが、退く気はないらしい。

——クヴァール教団の黒狼なら気絶する程度の殺気をぶつけているのだがな……。

彼女が黒狼たちよりもずっとレベルの高い存在だから、というだけではない。

己の信念を盾に、心を強く在り続けてきたからこその強さ。

「ふん……話してみろ」

「ありがとう」

俺が殺気を止めたことでホッとした様子を見せながら、シル婆はそっと視線をアリアに向けた。

「彼女たちみたいに攫われたエルフたちは多いわ。前はただ人間に攫われて、奴隷として売られるだけだったけど……」

「最近は違うと？」

「どうやらなにか目的があるようで、一ヵ所に集められているらしいの」

確信を持った話し方に、これは……。

「貴様、それがどこかも分かっているな？」

「ええ。私には、エルフの子どもたちがいる場所がわかるから」

それは、どう考えても一介のエルフが持てる力ではない。

まあそもそも、シル婆の正体がエルフだなどと、最初から欠片も思っていないが。

「そこを襲撃して、残りのエルフたちを助ければいいのだな？」

「もちろんそれが難しいのは分かっているわ。昨夜襲ってきた連中の本拠地である以上、その数はずっと多いはず」

場所がわかっていても、助けに行けないのはそれが理由だろう。

たしかにエルフたちの戦闘能力は高いが、クヴァール教団の根城を襲撃するには人数も、そして絶対的な力を持つ者も足りない。

仮にこの情報を知って襲撃をかければ、返り討ちに合って全員が捕まってしまうだけだ。

だからこそ俺に頼んでいるのだろうが……この老婆、やはり俺のことを舐めていると思う。

「貴様……昨夜の様子を見ていたな？」

「そんなに睨まなくてもいいじゃない。貴方のことが心配だったのだもの」

「心配など無意味だとわかっていただろう。しかし……この私に気付かれずにか」

イザークと名乗ったクヴァール教団の大司教。

やつが隠れていたことにも気付いた俺だが、シル婆の気配は全く気付かなかった。

——本当に、こいつは何者だ？

少なくとも敵対する気はないらしいのと、なにかしらの制約を受けているようだが……。

「森で私の分からないことはないわ」

「だったらその力でエルフたちを助ければいい」

「昨日も言ったでしょ？　それはルール違反なの」

「そうか……」

それだけの力と誓約を受ける存在など、この世界では限られている。

それこそ古に神々の時代に存在していた――。

「だから、私の正体を考えるのは禁止だってば」

「……まあいい。さっさとエルフたちが捕まっている場所を教えろ」

「助けに行ってくれるの？」

「ふん……今の私は冒険者だからな」

「どういうこと……？」

どういうこともなにもない。

この世界の冒険者は与えられたクエストを達成させていくものだ。

草むしりや動物の散歩を続け、その功績を認められた俺は今や、Fランクから脱却してEランクの冒険者となっていた。

つまり、Fランクでは受けられないクエストの受注もできるというわけだ。

――クヴァール教団の本拠地を襲撃？

その依頼は、Eランクのクエスト扱いで十分だ。

「く、くくく……あの害虫どもが慌てる姿が目に浮かぶというものだ」

「ずいぶんと気合が入っているわね」

「当たり前だ。与えられたクエストは完璧にこなす。それが冒険者のやることだからな」

何度も言うが、今の俺はもうFランクではない。

世間的には見習いから脱却し、一端の冒険者を名乗っていい頃合いだ。

「報酬はたっぷり弾んでもらうぞ？」

「もちろん。あ、その前に昨日の分の報酬を渡さないとだけど……私のキスでいいかしら？」

「冥府に落とされたいなら好きにしろ」

「その言い方は女性に失礼じゃないかしら？」

冗談に付き合ってやっただけでも感謝して欲しい。

「まあそうね。それじゃあこれでどう？」

シル婆が軽く指を振るう。

普通ならなにをしているのか分からないことだろうが、魔力の揺らぎを感じ取れる俺はそのあまりに純度の高い魔力に驚いた。

その魔力はまるで踊るように俺の周囲に漂い、そして吸収されるように消えていく。

「これは……貴様……」

「ふふふ。そうね、世界樹の祝福、とでも言っておきましょうか」

端から見ればなにも変わらないし、実際に変化が起きたわけではない。

だがしかし、目に見えるものがすべてではないことを俺は知っていた。

「あと、これもね」

「む……」

さらに指を振るうと、今度は柔らかな風が俺の周囲を渦巻く。

それらは意思があるように踊り、そして自然と脳裏にある光景が浮かんできた。

「ここか……」

「ええ。お願い」

見覚えのない場所だが、どこにあるのか詳細にわかる。

俺の知識にはない魔術に、思わず感心してしまった。

「珍しいものを見させてもらったな。ひとまず、これで満足しておいてやろう」

「ふふ、ありがとう。もちろん、他のエルフたちを助けてくれたら、もっと凄いのをあげるから」

そう微笑みながら、シル婆の姿が不意に消える。

昨日の俺のように気配を消したのではなく、本当にその場から完全に消えていた。

「あ、リオン様!」

「もうリオン君、どこ行ってたのさ!」

それと同時に二人がやって来る。

どうやら彼女たちには俺やシル婆の姿が見えていなかったらしい。

「……ふん、やはり食えない老婆だ」

この世界のことはなんでも知っているつもりだったが、どうやら甘かったらしい。

まだまだ未知の力、知識があると思うと、少しだけこれから先の未来が楽しくなってきた。

「まあまずは、害虫駆除のクエストを達成をしなければな」

「どうされました？」

俺の態度が気になったのか、フィーナが不思議そうな顔をする。

そういえば、今は彼女ともパーティーを組んでいるところだ。

特にリーダーなどは定めていない以上、勝手にクエストを受けてしまったのは良くなかった気がする。

「フィーナ、もし私が攫われたエルフを助けると言ったら、どうする？」

「それはもちろん、付いて行きますよ」

「そうか」

エルフと人間の溝は大きい。それこそ敵対する種族同士と言ってもいいだろう。

普通なら人間の味方として、エルフを助けるなんて選択肢は出てこない。

それでも迷いなく言い切る彼女だからこそ、天秤の女神も傍についたのかもしれないな。

「なら、行くとしようか。囚われたエルフたちを救出しに」

「はい！　どこまでもお供します！」

「リオン君。フィーナ……二人とも、本当に？」

俺たちの言葉に驚き、動揺した様子のアリア。

彼女からすれば、信じられない想いなのだろう。

「ああ、お前の仲間たちは全員、私が連れて帰ってきてやろう」

「アリアさん、待っててくださいね」

「二人とも……うん！　僕、待ってるね！」

そうして俺たちは、まだ寝ているであろうレーヴァを叩き起こして、エルフの里を後にする。

目的地は、クヴァール教団の帝国における本拠地。

今度こそ、俺とやつらの因縁をすべて断ち切って自由になってやる。

そう心に決めながら——。

第七章　襲撃

俺は帝都オキニスを出てから今まで、基本的には徒歩か馬車を移動手段としていた。

目的地に向かうだけであれば飛行魔術で移動する方が早いが、それでは趣《おもむき》がないというもの。

せっかく生まれ変わった憧れのファンタジー世界なのだ。

ゆっくりと堪能するため、あえて不便な移動方法で世界を見て回ろうと思っていたのだが——。

「こ、これは凄いですね……」

『はーはっはっは！　我の凄さが身に沁みたかフィーナよ！』

「高くて、景色がどんどん変わって、凄いです！」

「あんまり私から離れるなよ。吹き飛ぶぞ」

「は、はい！」

今回は古代龍の姿に戻ったレーヴァの背に乗り、空を移動していた。

帝国は大陸で最も広い領土を持つ国である。

しかしこの広大な空から見た世界と比べれば、なんとも小さなものか。

こんなものに拘って権力を得ようとする者たちは、憐れだなと思わずにはいられない。

「しかしまさか、まだ帝国内部にクヴァール教団の拠点があるとは」

原作でシオンを破壊神クヴァールへと堕としたオウディ大司教。

やつの計略をすべて叩き潰し、その背後にいた教団や実働部隊を壊した。

パトロンとなっていた帝国貴族たちは地獄へと叩き落とし、教団になにかをする力などないと思っていたが、そんなことはなかったらしい。

「私の思っていた以上にやつらの闇は深かったということか」

俺はずっと、オウディィ大司教が教団のトップだと思っていた。

しかし先日のイザークの件でそれが違うことに気付く。

所詮オウディィも実行部隊の人間でしかなく、組織としてのトップは別に存在するのだ。

『幻想のアルカディア』で語られたことがすべてではないと、分かっていたつもりだったのだが
……」

「怖い顔をされていますが、どうされたのですか？」

「いや、なんでもない」

『なんでもないなら、我の背中でそんな濃厚な殺気を出すのは止めてくれ！』

レーヴァの悲鳴を無視しながら、再び思考の海へ沈む。

ゲームでは大司教オウディィが主導となって動き、破壊神クヴァールが復活を果たした。

それを現神と契約した主人公たちが命がけでクヴァール教団、そしてクヴァール本体と戦い勝利する。

オウディィは死亡。教団も壊滅し、平和な世の中になるハッピーエンドとなるわけだが……。

「あのオウディィが『帝国方面の指揮を執るだけ』の存在だったとはな」

あれだけ俺の人生を狂わせようとし、まるで人間の闇を凝縮したような醜悪な男がその程度の存在だったことに、少しだけ思うことがあった。

「だがまあ、もはやこの世にいない者のことを考えても仕方がないか……」

この世に生まれたことを後悔するほどの絶望に落としてからその命を絶ってやったのだから、もう二度と会うことはない。

もうこれ以上やつのことを考えるのは無意味だろう。

それよりも今は、シル婆に教えられた拠点の方だ。

「叩き潰しても叩き潰しても、蛆虫のように湧いてくるやつらめ」

脳裏に直接刻まれたその場所は、帝国貴族が運営する領地。

俺は帝国貴族を一人として信用して来なかったが、その中では比較的マシな方だと認識していた男。

だったのだが、どうやらそれは間違っていたらしい。

「クヴァール教を信仰する者はすべて敵だと宣言してやったというのに……」

俺のクヴァール教団嫌いは有名で、帝国ではその名を口にすることすら躊躇われるような状態。

それでなお、こうして匿《かくま》うために動いているのだから、帝国への反逆と取ってもいいだろう。

今は帝位を弟に譲っているので、大抵の判断はやつに任せることになる。

しかしことクヴァール案件に関して、俺が容赦をする気がないことも理解しているだろうから、先に叩き潰しても問題ないだろう。

「あそこだな……」

しばらくして、シル婆の魔力が導く土地に入ったことに気付いた。

大地の先を見ると、遠く離れた山の中に築かれた要塞が見える。

そこは、少なくとも俺の指示で作ったものでもなければ、出させていたはずの地図にも載っていない場所。

「ふん、確定か」

レーヴァの背中を軽く踏んで合図をしてやると、彼女は驚いたように尻尾をピンと立てる。

文句がありそうな気配が漂ってきたが、それでなにも言わないのは俺との力関係を理解しているからだろう。

「あ、リオン様。レーヴァさんを虐めたら駄目ですよ」

『いいぞフィーナ！　もっと言ってやれ！』

「別に虐めてなどいない。ただ降りろと合図をしてやっただけだ」

「あ、それなら仕方ないですね」

『おい、騙されるな！　そんなの言葉で伝えればいいだけなのだぞ⁉』

『ピェ？』

味方が増えたおかげか、レーヴァが調子に乗っているのでもう一度足を踏み込んでやる。

「レーヴァ、黙って降りろ」

『わ、分かったから踏み込むのをやめるのだ！』

涙声になりながら、レーヴァは一気に加速してその要塞に近づいていく。

ただ殲滅するだけでよければ上空から魔術を放てばいいのだが、今回の目的はエルフたちを救出すること。

そこをはき違えてはならないと、自分に言い聞かせる。

「まあ、結局殲滅することには変わらないがな」

上空から地面に向かうレーヴァの背中から、俺は魔力球を作り出すと、そのまま要塞の壁を打ち抜いていく。

地上では突然の襲撃に慌てふためく兵士たち。

見たこともない凶悪なドラゴンに絶望した姿も見える。

「くくく……さあ、恐れるがいい。我が地に這いずる人非《あら》ざる蛆虫どもは、一人残らず潰してやるぞ！」

涙を流し生きる気力をなくした兵士たちが許しを請う。

普通に考えればやつらは帝国の兵士で、なにも知らず命令に従っていただけだ。

だが、クヴァール教団の根は深い。

ここで慈悲を与えてやることは、すなわち帝国の未来に禍根《かこん》を残すことになるだろう。

ゆえに――。

「殲滅だ」

俺は笑みを浮かべてそう宣言する。

襲撃者を殺せと叫ぶ者。ただひたすら逃げる者。神に懺悔するように天を見上げる者。

クヴァール教団の者も、帝国の兵士も、俺は『平等』に攻撃し続けた。

今この場に救いなどはない。

まあ、こんな地図にも載っていない辺境の要塞にいる時点で、『運』が悪かったと諦めてもらおう。

一切の容赦なく魔弾を降らせ、半数ほど崩したあと、抵抗勢力が現れた。

――あれがこの要塞の主力部隊か。

下から必死に声を上げて反撃をしてくる教団の男たち。

大司教ほどではなくとも、ここがやつらの本拠地であるのであれば黒狼《こくろう》クラスの敵は集まっていると見ていい。

帝国の精鋭を相手にできる連中であり、もし騎士団にここの攻略を命ずれば、多大な犠牲が出るに違いない。

魔力が強い者も多く、空を飛んでやってくる敵など体《てい》のいい的《まと》なのが普通だ。

だが俺が乗っているのは翼鳥でもなければワイバーンでもない。

かつて神々に反逆し、戦い続けた偉大なる『古代龍』である。

『主の攻撃に比べたら鬱陶しいだけでなんと弱いものか……やはり化け物で頭がおかしいな主は』

「おいレーヴァ、聞こえているぞ」

『ピェ!?』

「あ、リオン様！　レーヴァさんが可哀そうだからあんまり踏んじゃ駄目ですよ」

「ふん……こいつは定期的に調子に乗るから、ちゃんと躾をしておかなければならないだけだ」

そう言いつつ、レーヴァが今後俺に逆らうことはないだろうことはわかっていた。

なにせあれだけの力の差を見せてやったのだ。

力を信仰する古代龍であれば、もはや俺以上の存在など考えられないことだろう。

「それにしても、くくく。阿鼻叫喚《あびきょうかん》の地獄絵図、というのはまさにこのことだな」

要塞から聞こえてくる怒号の声と悲痛の叫び。

——あれはなんだ!?

——助けてくれ!

——どうしてドラゴンが、いやそれより頭上に人間が……。

やつらは今、なぜ自分たちが襲撃を受けているのかもわからないだろう。

エルフを助けるために人間がやってきたなど、想像もできるはずがない。

「まとめて吹き飛ばしてやりたいところだが、それでは肝心のエルフを救出できないからな」

「そうですね」

「っ……」

俺の言葉に相槌を打つフィーナに、俺はほんの少し違和感を覚えた。

「どうされましたか?」

「……いや、なんでもない」

だがその違和感はすぐに消えて、いつも通りの彼女となる。

——今のはなんだ?

視線を下界にだけ向けながら、しかし背中を刺すようなヒリヒリとした感覚がずっと纏わりついてきた。

これを無視するなと、今まで破滅への気配を避けてきた俺の心が言っている。

「……フィーナ、お前はこの光景を見て、どう思う？」

「そうですね。命の灯が消えていくのは心苦しいですが……それも邪教に身を寄せ、悪事を働いたゆえに仕方がないこと。来世では良き人生を歩んで頂けたらと思います」

「そうか……」

この反応をどう取るべきか、俺は今悩んでいた。

確かにクヴァール教団は聖エステア教会からすれば憎き敵。

旧神である破壊神クヴァールと、現神である創造神エステアは対となる存在だからだ。

それゆえに聖エステア教会はクヴァール教団の撲滅を掲げているし、見つけ次第断罪すると決めていた。

実際ゲームでも、クヴァール教が敵のときのフィーナはかなり性格が変わる。

本来は回復術師として活躍するはずが、攻撃的な魔術をどんどん使うのだ。

しかし、羽虫が潰れるのを見るような、無関心の瞳で下界を見下ろす彼女の姿は、どうにもらしくはない……。

「まあいい……今はこちらの始末が先だ」

いかに頑強な要塞であっても、所詮《しょせん》は人の手によってつくられたもの。

「『ギガントブレード』」

俺は魔力で作った巨大な剣を空中に生み出す。

太古の大巨人の持つような大剣は、レーヴァの身体ですら切り裂きかねない大きさ。

『わ、我にそれを向けるなよ！　絶対に向けるなよ！』

「心配するな。魔力のコントロールには自信がある」

そんな剣を、俺はゆっくりと城壁に向けて振り下ろした。

本来なら敵の侵入を阻むはずだった城壁は真っ二つに割れていき、付近にいたクヴァール教団の者たちはあまりにも現実離れした光景に戦意を喪失してしまう。

地面に降りた俺は、逃げ出そうとする教団のやつらに魔力を飛ばし、ついでにこの要塞全体を囲うように、先日行った土の魔術で壁を作る。

もしこの壁を突破しようとするならば、俺の魔力を超えた攻撃で穴を空けるか、空を飛ぶしかない。

「レーヴァ、わかっているな？」

『うむ。飛んで逃げようとする者は全部燃やし尽くせばいいのだな？』

「その通りだ」

これでもう、誰も逃げられまい。

クヴァール教団は俺にとって破滅フラグそのもの。

それゆえに生き延びる道など欠片も用意はしてやるつもりはなかった。

「さて、それでは行くとしようか」

俺は真っ二つになった城壁の方へとゆっくり歩いて行く。

背後からはフィーナが付いて来るが、その足取りに不安はなく厳しい瞳を向けていた。

「大丈夫か？」

「はい……神様の敵である邪神の使徒は滅ぼさないと……」

どうやら彼女は彼女で、聖エステア教会の人間としてクヴァール教団には思うことがあるらしい。

気になるのは、これまで見てきたフィーナであれば、そんなクヴァール教団の者ですら救いを与えるのではないかということ。

——いや、それは俺の願望か……？

俺自身、もう人の死に慣れすぎて何も感じなくなっているのだ。

この世界はそもそも、現代日本と比べて遥かに厳しい世界だから。

聖エステア教会が彼女に『そういう教育』を施したのであれば、たとえ心優しい少女であっても死に対して鈍感になってしまうだろう。

「……まあ、今考えることではないな」

ゲームでも、そしてこの世界でも見覚えのある恰好の敵が襲い掛かってくる。

当たり前だが、大司教ほどの実力者はおらず、俺を傷付けることすら叶わない。

要塞の中を進んでいくと、侵入者の存在に慌ただしい様子が見られる。

「あぁ……偉大なる神クヴァールよ。我らを助けたまえ……」

「死ね」

ブツブツと神に祈りを捧ぐ者は念入りに息の根を止めていく。

既に戦意があるかないかは関係ない。

この状況になってなお、あの破壊神に祈りをささげるような狂信者は、今後の危険の芽となるのだから当然だ。

「……」

フィーナは俺の残虐な行動を咎《とが》めることはしなかった。

クヴァール教団を闇とするなら、聖エステア教会は光。

その溝は、俺が思っていた以上に深いのかもしれない。

「ゲーム原作でシオンに近づいたオウディ。やつも幼い頃に家族や仲間を光の教団に殺され、自身も追っ手から逃げるために顔を焼いた過去があったからな……」

生まれる場所は選べない。

それは大司教オウディも、そしてこの破滅フラグ満載だったシオン・グランバニアも変わらないというもの。

オウディの場合、邪神を信仰する両親のもとに生まれただけで、幼い頃は普通の教徒でしかなかった。

それがあれほどの狂気を内包した化け物に変貌してしまうのだから……。

「それは私も変わらないか」

俺だって、一歩道を間違えれば今とは異なったところに立っていたかもしれないのだ。

その一歩を間違うことなく歩めたのは、未来の知識があったから。

「……まったく因果なものだ」

この身体に生まれたからこそ背負った数々は、この身体だったからこそ乗り越えることができた。

神は試練を乗り越えられる者にだけ与えるなどと誰かが言うが、余計なお世話にもほどがある。

俺はただ、せっかく生まれ変わったこの世界を堪能したいだけなのに……。

「なぜこんな、血塗られた道を歩いているのだろうな？」

「リオン様？」

「なんでもない。行くぞ」

そうして俺はフィーナを連れて要塞の奥へと進んでいく。

その先に待っているであろうクヴァール教団の幹部を叩き潰すために。


要塞の奥からどんどん出てくるクヴァール教団の者たち。

いったいどれほど湧いてくるのだと感心しながら、一人残らず撃ち抜いていく。

そうしてゆっくり歩いていると、まるで俺のことを待ち受けるように仁王立ちする男がいた。

「貴様かぁ！　我が教団の仲間たちを次々と殺している侵入者というのは！」

「おお、グレイロック司教！」

「みんな、司教が来てくれたぞ！　これで大丈夫だ！」

「ぬおおおお！　見よ、我の斧捌き！」

二メートルはありそうな大きな身体。両手に持った重量のある斧を自由自在に操る姿は、並みの戦士では不可能なほど早い。

周囲の教団員たちの反応から、相当信頼を得ているのだろう。

実際、クヴァール教団の司教ともなれば、ゲーム後半で出てくるボスクラスの力を持っている。

たった一人で主人公パーティーと戦えるのだから、その強さは本物だろう。

「お願いします司教！　あの蛮族に、我らが神の力を見せつけてやってください！」

「任せておけぇ！　我こそは北方侵攻軍における武の象徴！　グレイロック司教であ――」

「邪魔だ」

「る――ひぎぇ」

とはいえ、俺の敵になるレベルではない。

眉間《みけん》に一発魔力球を放ってやると、グレイロックと名乗る男はそのまま仰向けで地面に倒れ込んだ。

「え……？」

周囲で男を担ぎ上げて騒いでいたクヴァール教団の男たちが、突然の事態に黙り込む。

「し、司教……？　冗談ですよね？」

「し、ししし、死んでるぞ？　グレイロック司教が、死んでいる!?」

「そんな!?　大魔獣すら一人で屠《ほふ》る人だぞ！　こんなの冗談に決まって――あ……」

そんな悲痛の叫び声は、最後まで続かない。

一人、また一人と地面にパタパタと倒れ、もう二度と喚くこともできない死体へと変わっていた。

「まあこんなものか」

そうして死体が並ぶ通路を真っすぐ進む。

俺が通ってきた道には、同じようにクヴァール教団の死体がずらりと並んでいた。

「リオン様……」

「どうしたフィーナ？」

見れば、先ほどまで羽虫を見るような視線とは異なる、心を痛める少女の姿がそこにあった。

――なんだ？

この変わりように、俺は疑問に思ってしまう。

それと同時に、この姿こそフィーナなのだと思った。

「……辛《つら》ければついて来なくてもいいぞ」

「……いえ。最後まで見届けさせて頂きます」

その言葉の意味がどういうものか、俺にはわからない。

少なくとも今回、彼女はこの戦いに参加する理由もなければ、背負う理由もないのだ。

それでも見届けると言うのであれば、そこにはきっとなにかしらの意味があるのだろう。

「……まったく、面倒なことだ」

「え？」

「なんでもない。このまま奥まで進むぞ」

俺は前に進みながら、背中から感じる『なにか』に苛立ちを感じていた。

正直、このまま進んでクヴァール教団を始末することよりも、後ろに立つフィーナの存在の方がずっと気になって仕方がない。

この『なにか』のことを、俺は忘れているような気がするのだ。

「……」

「リオン様？」

「フィーナ、正直に答えろ」

「はい？」

やはり、このままではいけないと直感に従い、俺は彼女と向き合う。

出会ったときから変わらず美しい蒼銀色の髪を腰まで流し、白い法衣を着た無垢な瞳の彼女は決して汚してはならない聖域のような存在にも見える。

秘めた強い心はゲームでも主人公たちを導き、そして最期にはその命を燃やしてラスボスであるクヴァールを滅ぼす聖女。

そんな彼女が、この惨劇を見てなにも感じないなどということが、本当にあるだろうか？

この俺が、誰よりも強い輝きに満ちていると想い憧れた彼女が？

それは、あり得ないだろう……。

「今のお前は——」

問い詰めようとした瞬間、背後から凄まじい魔力が吹き荒れた。

「ちぃ！」

「きゃっ⁉」

俺は咄嗟にフィーナの前に立ち、彼女を庇うようにして抱きしめる。

ほぼ同時に、闇色をした光線が俺たちを巻き込んで要塞の壁をぶち抜き、そのまま天を貫いた。

大量の埃が崩れた要塞の廊下を舞い、俺は視界が悪い中でフィーナが無事なことを確認する。

「怪我はないか？」

「は、はい……ですがあの力は……？」

「くくく、はーはっはっは！　どうだ侵入者どもめ！　これが、破壊神クヴァール様のお力だ！」

埃のせいで辺り一帯は見えないが、その先から聞こえてくるのは、しゃがれた老人の声。

どうやらそいつは俺たちが死んだと思っているのか、それとも神の力の一端に触れたからか、気分良く笑っていた。

「素晴らしい！　素晴らしいぞぉぉぉ！　腕一本、本来の力の数十分の一に過ぎないはずだというのにこれほどとは……やはり我らはなにも間違っていなかった！　破壊神クヴァールこそ真の神！　現神のようなまがい物たちとは違うのだ！」

「耳障りな声だ」

「ぬ、小癪《こしゃく》！」

視界が悪くてもあれだけ声を上げればどこにいるのかなど一目瞭然。

俺は他の教団員にしたように魔力球を放つが、どうやら防がれたらしい。

俺は軽く風の魔術で辺りの埃を吹き飛ばしてやると、そこにはまるで骸骨のように痩せこけた老人が立っていた。

黒いローブのせいでわかり辛いが、首にかけている黄金の時計はクヴァール教団の幹部だけが身に着けられる物。

そしてそれは、オウディやイザークたちが持っていた物よりも装飾が施され、老人がより上位の存在であることがわかる。

老人はこちらを睨みながら、油断なく大きな杖を向けてきた。

その立ち居振る舞い一つで戦闘経験が豊富であることがよく分かる。

「貴様がこの要塞のトップか？」

「いかにも。侵入者がどのような者かと思えば、貴様のような若造だったとは」

「そちらは蛆虫の大将らしい、汚らしい格好をしているな」

「ふん……最近のガキは口が悪い。年長者を敬うということも知らない者ばかりだ」

挑発には乗らない、ということだろう。

先ほどまでクヴァールの力に興奮して高笑いをしていた割には中々に冷静だ。

「いったいなんの目的で我らを襲う？」

「目的？　そんなものは決まっている。クヴァール教団のゴミどもはすべて皆殺しだ」

「り、リオン様。いちおう目的は別にちゃんとあるから……」

エルフの救出のことを言っているのだろうが、それはもはや二の次というもの。

まず第一はクヴァール教団の殲滅。

そうしなければ、俺はゆっくりこの世界を楽しめないからな。

「光の教団の狂信者か……？　いや、そちらの女はともかく貴様はどこか違うな」

「気にするな。どうせすぐこの世から消える貴様には関係のない話でしかない」

「ふん……若くして高みに上った者はすぐに世界の中心が己だと勘違いする。イザークも才能はあったがどこか周囲を見下し、超えられない壁に気付いたときに絶望することだろうが……」

　俺が魔力球を飛ばす。

　しかしそれは老人から放たれた同じような物で迎撃された。

「なるほど……これまでとは一味違うらしい」

「年長者の話は最後まで聞くものだぞ？」

「聞く価値のあるものであれば、最後まで聞くとも」

　数十の魔力球と風の刃を交えた魔術を連続して飛ばしていく。

　しかしそれは老人の杖から生み出された炎の壁に飲み込まれた。

「甘いわぁ！」

「甘いのはそちらだ」

　業火の後ろで安心しているのだろうが、その程度の炎は俺すれば蝋燭のようなもの。

　少し風を強く吹き荒せば、そこらに転がっている瓦礫と一緒に炎は吹き飛んでいく。

「な――――!?」

「死ね」

　手薄になった老人の首目掛けて改めて風の刃を飛ばす。

　確実にその首を斬り飛ばすと思ったが、不可視の壁が防いだ。

　どうやら俺が思っている以上の実力を持っていたらしい。

「マジックバリアか。やるではないか」

「信じられん。貴様……化け物の化身かなにかか？」

老人は呆然とした様子で俺を見る。

今のやりとりで、俺との実力差を実感したようだ。

まあ化け物の化身というのもあながち間違ってないな。

憎たらしいことに、破壊神の器であるのは事実なのだから。

「さて……次もその首、繋がっていられると思うなよ」

「くっ！　調子に乗るなよ若造が！　貴様がどれほど才ある存在であっても、絶対に超えられない壁があるということを見せてやろう！」

その瞬間、老人は杖の先端に付けられていた黒く枯れた腕をこちらに向ける。

「これが、破壊神クヴァールの力だぁぁぁぁぁ！」

集約される黒い魔力は、人間の放てるレベルをはるかに超越した力。

さきほど要塞の壁を吹き飛ばしたその力が、こちらに真っすぐ目掛けて飛んできて、俺を飲み込んだ。

「やったか!?」

光線が終わり、再び瓦礫と砂煙で視界が悪い中、そんな声が聞こえてくる。

「それはフラグというやつだな」

「――――なぁ!?」

突風を飛ばしてやると、その場で踏ん張りながらも驚愕した様子の老人。

「ば、馬鹿な!? 貴様、直撃しただろ!?」

「したな。だがその程度の攻撃では、私のマジックバリアを突破できなかったということだ」

「く、くぅ……そんなことが、あるのか? これは一部とはいえ破壊神クヴァールの力だぞ!? それをただの人間がっ……」

必死に俺の風に耐えながら、まるでジェットコースターの直滑降をしているような顔になる。

まあ実際、すさまじい風を受け続けているのだから当然か。

「この力……まさか世界最強と呼ばれるシオ――」

「吹き飛べ」

「ぬおおおおおおおおお!?」

俺の正体に気付きかけたらしいが、聞いてやる義理はない。

魔力を込めた突風は嵐のごとく強大なエネルギーとなって男を吹き飛ばした。

「がはぁ――!?」

要塞の壁にぶち当たり、もたれかかるように倒れ込む。

まだ意識はあるらしく、止めを刺そうとさらに魔力を高めて風の刃を生み出した瞬間――。

「あ、ありえん。なんなんだこの魔力は……!? 枢機卿《すうききょう》であるワシをはるかに超えたこの力が、同じ人間のものだと……」

「枢機卿?」

俺は込めていた魔力を霧散させて、目の前の男を見る。

『幻想のアルカディア』というゲームにおいて、クヴァール教団は明確な敵として登場する。

だが教団は裏での暗躍が多く、表に出てくるのはオウディ大司教を中心としたメンバーで、組織の全容が明かされることはなかった。

「ふむ……」

先日、オウディと同じ大司教の一角を担うイザークという男がいた。

あれもまた、ゲームには登場しない存在。

というより、『幻想のアルカディア』ではオウディ以外の大司教も、そしてそれ以上の存在もいないのだ。

「なるほど……たしかに『教団』を名乗るのであれば、大司教以上がいるのは至極当然の話か」

オウディを中心とした教団に関しては、帝国の力をフルに使いほとんど壊滅状態に陥らせた。

しかしその割にはずいぶんと戦力が残っていたことに疑問を覚えていたが、どうやらオウディは『シオン・グランバニア』という存在をクヴァールの器にするために動いていただけであり、別部隊も帝国にはのさばっていたらしい。

先日イザークという男が現れた時点で予想できていたことだが、やはり奴らの闇は深い。

こうして一つ支部を叩き潰しても、また別のところから湧いてくるのだろう。

「となれば、この男を利用する方が早いか」

クヴァール教団の内情はわからないが、聖エステア教会では『聖女』という特別枠を除けば、トップは法王でありその下が枢機卿という位置づけ。

対立しているとはいえ、おそらくやつらも同じ形の組織だろう。

仮に違ったとしても、大司教以上の存在であることは間違いないので、情報は持っているはず。

「くくく……」

おそらく鏡を見れば、俺は今とてつもなく昏《くら》い笑みを浮かべていることだろう。

「なんだその嗤《わら》いは！　このクヴァール教団の枢機卿であるグリモアを馬鹿にしているのか⁉」

「馬鹿になどしていないさ。ただそうだな、せっかくだから有効活用してやろうと思っただけだ」

俺が一歩近づくと、グリモアは慌てて立ちあがり逃げるように走り出す。

老人とは思えない軽快な動きだ。おそらく魔力で強化しているからか、すぐに遠くまで行ってしまう。

それを俺はあえて見送った。別に慌ててやつを殺す必要などないのだ。

「あのリオン様、あのまま逃がしていいのですか？」

「まさか。この私がそんな甘い処遇を与えると思うか？」

俺の言葉にフィーナは首を横に振る。

中々わかってきたな。

「どちらにせよ、ここからは逃げられん。それに、クヴァール教団の人間は誰ひとり逃がさないさ」

「あの……一つだけよろしいでしょうか？」

「ん？」

「もし生まれたときから教団員として育てられた子どもがいたとして、その子も殺してしまうのですか？」

「……」

それは、どういった意図の言葉だろうか？

彼女の言葉で思い出すのは、生まれたときから教団の子として育てられたオウディ大司教だが、その出生には同情できる部分こそあれ、狂気に呑まれた男はもはや一つの災厄だと言える。

だからこそ、俺の答えは決まっていた。

「教団員として生まれた子は普通の世界では生きられん。私から言えることはそれだけだ」

「……わかりました」

もしかしたら、フィーナは聖女として教会の中で育てられた自分と、教団を重ね合わせているのかもしれない。

「少なくとも、この要塞にいる者はこの世界を混沌へと陥れようとしている。私は自分のことを正義の使者などと言うつもりはないが、それでも故郷や自分の周りくらいは守ろうと思う程度には人であるつもりだ」

それが人を辞めた自分が持つべき最後の砦とも言える。

俺の力は人として間違いなく世界最強レベルであり、ただ感情のままに力を解き放てば凄まじい災害となる。

そんな俺が化け物にならないために、楔《くさび》が必要だった。

人間らしい感情を意識的に持たなければ、俺は俺という存在を維持できない。

「だからこそ、クヴァール教団はすべて滅ぼす」

人であり続けるため、そういう理由が必要なのだ。

たとえ生まれたときから教団員であっても、そこに生まれたという運のなさと、そして俺を呪って逝けばいい。

そのすべてを、俺《私》は受け止めて前に進むと決めたのだから――。

第八章　クヴァールの残滓

もしこの世界が本当にゲームだとしたら、俺がやっていることはきっと未来のラスボスが引き起こした惨劇として語られることだろう。

要塞の中に蔓延《はびこ》る無数の死体。

老若男女問わず、誰もが突然現れた悪魔のような男に恐怖しながらこの世を去った。

そうして俺が奥へと進んでいく頃には、この要塞の中に生きる人間は片手で数えられるほどになる。

「さて、この奥か」

豪奢《ごうしゃ》な扉があり、その奥にまだ人間の気配が感じられた。

もはやこれ以上隠れる気がないのか、奥にいる存在はじっと俺のことを待っているようだ。

——あれだけ無様に逃げ出したというのに、どういうつもりだ？

そんな疑問が頭を過るが、考えるだけ無駄かと思い、魔力球を飛ばして扉を吹き飛ばす。

普通に開けて入っても良かったが、どうせ後で全部吹き飛ばす予定だから良いだろう。

王宮などで見られる謁見の間のような部屋。

中央には広い階段があり、その奥の玉座には己こそが王であるという風に座るグリモアの姿があった。

「一度は逃げ出した割には、ずいぶんと偉そうな態度だな」

「ふん……貴様が化け物のように強いことは分かった。だがしかし、しょせんは人間よ。神に選ばれた我らに勝てる道理などないのだ！」

そんな叫びとともにグリモアは手に持った杖をかざす。

黒く巨大な魔法陣が地面に広がり、そしてそこから黒いのっぺらぼうが生み出されていく。

「これは……」

「くかか！　この要塞で散々我が同胞たちを殺したこと、後悔するがいい！」

広い謁見の間に増えていくのっぺらぼう。

一体一体が、先日エルフの里を襲ったそれと同等以上の強大な力を秘めていた。

「行けクヴァールの使徒よ！　我らの敵を呪い殺せ！」

「アーアーアー……」

「アアアー……」

ゆらり、ゆらりと緩慢な動きでこちらに近づいて来る。

そこに人の意思など感じられず、ただ命じられた動きをする機械のようにも見えた。

「禁術……魂を縛ったか」

「なんということを……死んだ魂はどれほど前世で悪行をしたとしても平等に報われなければならないというのに……」

フィーナは聖エステア教会の考え方を真っ向から否定するグリモアのやり方に嫌悪感を覚えているようだ。

「アーアーアー……アー！」

「きゃあっ!?」

一番前を歩いていた黒いのっぺらぼうが腕を振り下ろしてくる。

それは、エルフの里で見たときの焼き直しでしかなく、俺の前に生まれた半透明の壁によって阻まれていた。

「ふん、数が増えただけで芸は変わらないではないか」

「その数が大事なのだ！　貴様が殺してきた同胞たちの怒りを、悲しみを、恐怖をその身に刻むといいわ！」

一発、二発、三発……のっぺらぼうたちは壊れた機械のように何度も俺の壁を攻撃してくる。

その威力はたしかに凄まじいものがあるが、だからといって俺のマジックバリアを破壊するには至らない。

だというのに、グリモアは自信満々でこちらを見下すのみ。

「下らん……」

風の魔術で目の前の敵を切り裂くと、まるで泥のように地面に溶ける。

そこらの魔物よりはずっと力を持っているとはいえ、知能なく近づいて来るなどただの的でしかない。

次々と迫って来るそれらを順番に切り裂いていき、すぐに謁見の間からのっぺらぼうたちは消えた。

残ったのは、地面にわずかに残る黒い影だけだ。

「それで？　この後は？」

俺が不敵に見上げると、グリモアもまた汚い笑みを浮かべてきた。

「くくく……また殺したな？」

「なに？」

「魂の牢獄に永遠と閉じ込められる者たちの怨念、喰らうといい！」

その瞬間、黒い魔法陣が怪しく光る。

同時に辺り一面に残っていた黒い影がうねうねと動き、まるで生きているかのように魔法陣の中心へと向かっていった。

一つ、二つ、まるでばらけた粘土をこねくり回す様にくっつく姿はどこかシュールであり、そして醜悪。

「あ……あ……だめ……」

「フィーナ？」

「これは駄目です……この力は、世界に在ってはいけないもの！」

突然、怯えたように震えながら座り込んだフィーナは、悲痛の声を上げた。

教会の聖女として、なにか感じるものがあったのだ。

正直、この力は俺からしても危険だと思うほど強大で、留まることなく大きくなっていく。

今までと同じように風の魔術で切り裂こうと飛ばしてみるが、一瞬切れたところから再生してしまった。

「なるほど……たしかに、これは今までとは違うようだな」

「当然だ！　我らが神の顕現をその目に焼き付けるがいい！」

黒い影の集まりは、まるで肉塊のように丸くドロドロとした形になる。

すでにこの謁見の間を飲み込みかねない勢いで巨大化していき、そして――。

「ひ、ひひひ……ワシもクヴァール様の一部となれるのだ……これ、ほど……よろごばじいごどばぁ！」

「駄目！　こんな、こんな力は許されない――！」

瞬間、フィーナからとてつもない神気があふれ出そうとしていた。

それがなにを意味するか――。

『アアアアーーーー！』

同時に、フィーナがいる場所に伸びてきた触手のようなもの。

それはまるで仇敵を許さないと言わんばかりに、彼女に向かって襲い掛かる。

「ちぃっ！」

俺は慌ててフィーナを抱きしめると、その触手を燃やし尽くして距離を取る。

「駄目、駄目！　ダメェェェェ！」

「しっかりしろ！　己を保て！」

錯乱状態のフィーナが、腕の中で暴れまわる。

俺は巨大なドラゴン相手でも力負けすることはないが、それでも今の彼女を抑えることには全力が必要だった。

『アアアアーーーー！』

そして黒い肉塊は先ほどと同じように触手を伸ばしてくる。

これに触れれば俺もただでは済まないと、当たる前に燃やしてしまうのだがこのままではキリがなかった。

「あああ、ああああああ！」

「……仕方ないか」

このままここにいては、フィーナの精神が壊れてしまう。

そう判断した俺は、天井を破壊して――。

「この私が撤退を選んだのだ。その代償は、高くつくからな？」

シオン・グランバニアとして生きてきて、常に前を見据えて進んできた。

子どもの頃はこうして撤退を選ばざるを得ないときもあったが、それもここ数年はあり得ない事態。

「ふ、まあいい……」

天井に向かって飛び立つと、それを追う様に伸ばされる触手。

「一先ず、貴様は潰れていろ……『グラビティ』」

闇よりも深く昏い魔力が生み出されると、強烈な重力魔術によって丸かった黒い肉塊も徐々に凹《へこ》んでいき、まるで粘土を上から叩き潰したような形へとなる。

もっとも……これも時間稼ぎにしかならないことは良くわかっていた。

「主！　覚えのある魔力を感じたが、まさか!?」

空中で要塞を見下ろしていると、慌てたようにやって来たレーヴァに俺は黙ってフィーナを渡す。

どうやらあの塊から離れたことで、錯乱状態は収まったらしいが、その代わり気絶していた。

「レーヴァ……貴様は離れて見ていろ」

「っ――!?」

それだけ言うと、俺は己にかけ続けていた幻影魔術を解く。

帝国を出てからずっと隠してきた黄金の魔力が、久しぶりの開放に喜ぶようにあふれ出した。

俺は己の感覚が研ぎ澄まされていくのを感じながら、グラビティを受けてなお壊れることのなかった存在を見下ろすと、そこにいたのは先ほどまでの肉塊ではない。

まるで物語に出てくる悪魔のような、すらりとした黒い人型の怪物。

ゲームでも見たことがない姿だが、それでも発する魔力の質であれがなにかはすぐにわかった。

破壊神クヴァールの幻影。

だからこそ――。

「ここからは、リオンではなく『シオン・グランバニア』として相手をしてやろうではないか!」

俺は帝国を出てから初めて、本気の力を解放する。

真っ黒な肉体に、悪魔のような角と尻尾を生やした人型の怪物――便宜上『悪魔』と呼ぶか。

感情らしい感情は見て取れないが、俺が敵であることはしっかりと理解しているらしく、じっとこちらを見上げていた。

「……」

「……」

俺の黄金の瞳と昏い闇の視線が交差する。

しばらく無言の時が続いていると、不意に悪魔がゆっくりと身体を沈め……。

「レーヴァ」

「む、なんだ主？」

「ここから離れて、フィーナを守っていろ」

その言葉と同時に、悪魔が凄まじい勢いで上空へと飛び上がって来た。

俺のように浮遊魔術を使っているわけではなく、純粋な身体能力に任せた動き。

「……ふん」

まるで轟雷のような音が空に響き、大気が揺れる。

俺のマジックバリアと悪魔がぶつかり合った衝撃によるものだ。

「アァァー……」

地面に落ちていく悪魔は、のっぺらぼうたちと同じく感情らしいものはないように、じっとこちらを見てくるだけ。

生物として重要な機能がそもそも備わっていないのだろう
「クヴァールの残滓《ざんし》か……虫唾《むしず》が走る」

マジックバリアを見ると小さな罅《ひび》が入っており、その周囲には黒い粘膜のようなものがウネウネと動いていた。

罅からこちらに侵入してこようとするので、燃やし尽くす。

そして地面を見ると、悪魔が再び飛び上がろうと膝を曲げて力を蓄えている。

――一撃で罅を入れられた威力からすると、次は耐えられないかもしれないな。

「だが、それなら近づかせなければいいだけの話だ――『ミーティア』」

俺は無数の魔力球を生み出すと、悪魔に向けて飛ばしていく。

ミーティアは無属性の魔力球を、流星群のように降り注ぐだけの魔術。

普通の魔術師であれば大した威力にならないが、俺が使うとまるで戦場に降り注ぐ爆撃のような理不尽な威力を発揮する。

原作でもシオンが最も得意とした魔術の一つであり、それは物語中盤で初めて主人公たちと相対した際に、たった一撃で全滅させてしまうほど。

もちろんそれは負けイベントとして描かれたが、ここは物語ではなく現実世界だ。

ゲームでさえ全体攻撃として凶悪な威力を発揮したそれを、俺は地面にいるたった一体の敵に向かって集中砲火させていく。

「しかし、逃げ足の速いことだ」

飛び上がることを諦めた悪魔は、必死に地面を走り回りながら俺のミーティアを避けていく。

要塞ごとすべてを破壊してしまえば話は早いのだが、残念ながらそれができない理由があった。

「こんなことならば、先にエルフたちを探して逃がせば良かったか？」

下手に逃がしてしまえば、錯乱したクヴァール教団の者に殺されてしまうかもしれない。

そう思って全滅させてからゆっくり解放するつもりだったが、ここにきてそれが裏目に出てしまった。

まるで地面を這うように疾走する悪魔の動きは俊敏で、これだけ距離があると容易に避けられてしまう。

そうして悪魔は逃げるように動き回り、元々いた要塞から場所を変えて少し離れたところにある森の中へと入っていった。

「ちっ――」

上空からでは木々に邪魔をされて見えないため、これ以上は魔力の無駄だろうと一度手を止める。

「アアアー！」

「知能のない獣風情が、調子に乗るな」

こちらが攻撃を止めた瞬間、森から黒い悪魔が飛び出してきた。

まるで獣のような動きだが、想定はしていたのですぐに魔力球で撃ち落としてやる。

一発、二発、三発と堕ちながら穿たれるそれらは、普通の魔物であれば即死に繋がる威力。

だがしかし、この悪魔の耐久力が高いのか、それとも別の要因か、まるでダメージを負った様子は見受けられないまま再び森に姿を消していく。

「……どうやら学習能力がゼロというわけではないのか」

再び森の中から飛んでくる物体。

しかし今度は悪魔ではなく、森に生えている大木だった。

もちろん、どれほど勢いがあろうが木ごときが俺のマジックバリアを貫けるはずがない。

だが次々と飛ばされてくるそれらは、ぶつかる度に粉々になって粉塵が空を舞う。

そして――そこに紛れて飛んでくる悪魔。

「ちっ――」

木々とは違い、凄まじい衝撃が走る。

一度目よりもより強烈な威力となって飛んできた悪魔は、まるでヤモリのように障壁に張り付いてきた。

そしてそのまま拳を振り上げ――。

「アー！　アー！　アー！」

「鬱陶しい」

何度も何度も腕を叩きつけてくる悪魔を振り落とそうと、風刃を放ち胴体と下半身を真っ二つにする。

「アー！」

普通の生き物なら生きていられるはずのない状態。

だというのに、悪魔はまるで気にした様子もなく壊れた玩具のように同じ行動を繰り返してきた。

「ちっ！」

ガンガンとハンマーを叩きつけるような音が空中で響き、次第にマジックバリアの罅が大きくなってくる。

これ以上は不味いと、突風を生み出して大きく吹き飛ばしたのだが――吹き飛んだのは上半身だけ。

「まるでB級ホラーを見ているような気分だな」

下半身は落ちないようにしがみついたままだった。

俺がマジックバリアを解除すると、そのまま落ちていく黒い下半身。

シュールな光景だが、もし前世で同じものを見たら一生トラウマになっていたに違いない。

とはいえ、これでもう動けないだろうから、あとはここから一方的に嬲《なぶ》れば――。

「……なんという不気味な光景だ」

俺がそう言わざるを得ないほど、あまりにも気持ち悪い光景がそこにあった。

黒い下半身は地面に落ちると、綺麗に着地してそのまま上半身の下へと駆け出していったのだ。

まるでアニメなどでたまに見たことのある、人体模型が走っているような動きで、リアルでそれを見るとかなり気持ち悪い。

さらにそれだけではなく、下半身は地面に転がる上半身の下へ辿り着くと、そのままダイブするように飛びつく。

そして粘土同士がぶつかり合う様にぐちゃりと音が鳴り、そして再び同じ形になった悪魔は俺を見上げてきた。

改めて見ると、悪魔はどこまでも無機質な存在だった。

そもそもどうして今自分がここにいるのかすらわかっていないのではないかという雰囲気すらある。

「まあ、それを私が気にしてやる必要などはないが……」

しかしあの再生力はかなり厄介だ。

普通、ああいう再生する魔物は一回ごとに魔力が大幅に失われてしまうものなのだが、見たところ減っている様子はなさそうだ。

この要塞にいた人間たちは魔術師として優秀だった。

それらをすべて喰らいきったからなのか、それとも別の要因なのか、なんにせよ厄介なことには代わりがない。

「せめて魔力に任せて吹き飛ばせれば……」

もっとも、それをしてしまえば救出に来たエルフたちが全員死んでしまうので、本末転倒もいい所。

さてどうしたものか、と考えているうちに悪魔が再び俺を睨み付けてくる。

空中にいる俺への攻撃手段は飛んで近づいて来るだけ、そう思っていた矢先にやつの腕が伸びてきた。

黒い鞭のようにしなりながら迫るそれを防ぐためにマジックバリアを展開するのだが――。

「なんだと?」

一撃でバリアが破壊され、消えてしまう。

そのまま俺の身体を打ち砕こうと近づいて来たそれを躱すが、そのまま要塞に振り落とされたため破壊音が周囲に広がった。

まさか壊されるとは思わなかったので反応が遅れてしまい、大惨事となってしまう。

もしこのまま同じことが続けば、要塞内で捕まっているエルフたちが全員死んでしまうかもしれない。

「仕方あるまい」

再び自分の腕を伸ばそうとしている悪魔がこれ以上被害を広げないように、俺は奴に向かって降りていく。

そうして地面で相対する俺と悪魔。

自分の手が届く範囲に来たからだろう。やつは腕を縮めると一気に駆け出してきた。

凄まじいスピードだ。並の人間であれば間違いなく反応できない動き。

「そもそも、この私が魔術しか使えない魔術師などと思うなよ」

まるで獣のように飛び掛かってきた悪魔の拳を避けると、そのまま顎らしき場所を蹴り上げる。

そして大地から浮いた一瞬、踏ん張りのきかない敵を目掛けて一気に拳を打ち抜いた。

「アァァァァァァァ!?」

森の木々を何本も折りながら消えていく悪魔を見ながら、俺はゆっくりと歩く。

「む？」

拳を見れば、黒い粘体が付いていた。

それが俺の魔力を奪っていることに気付き、バリアのときと同じくすぐに燃やす。

「なるほど……不死身の正体はこれか」

エルフの森を襲ったクヴァール教団は精霊喰いにより精霊たちの力を奪って、本来強いはずのエルフたちを無力化して誘拐していた。

それと近しい現象がこれだ。

生きているだけで周囲一帯の魔力を奪うあれは、魔力喰いとも言える存在。

「精霊喰いの特性を奪った、ということだろう」

悪魔が生まれたとき、辺り一帯の人間の魂が犠牲になった。

だが実際は、あの要塞で死んだ生物の魂の特性を奪ったとするならば、先ほどの現象も理解できる。

「となると、時間はかけてられんということだな」

俺のマジックバリアを打ち抜いたのが魔力喰いの特性だったとしても、そのあと要塞を破壊したあの威力は本物だ。

周辺一帯に溢れている魔力を喰らい、己の力に変換しているようで、時間が経てば経つほどやつは強くなっていく。

「アー！」

先ほど以上に黒く濁った魔力を込めた腕が横薙ぎ、森の木々など障害にもならないように迫ってくる。

下手にマジックバリアで受ければ奴に魔力を与えるだけになるため躱すしかない。

「アーアーアー！」

悪魔は両腕を使って次々と攻撃を繰り出してきた。

もはや俺と悪魔の間にあったはずの大木はすべて倒れてしまい、森は原形を留めていない状態だ。

「調子に乗るなよ」

魔力は奪えても、炎によるダメージが残ることは先ほどの粘体で確認済みだ。

振り回される黒い腕を燃やし、一瞬だけ止まった隙を逃さない。

悪魔との距離を詰めた俺は拳を突き出す。

それに反応してガードする悪魔だが、次々と放っていく俺の拳に追い付いていないのか、徐々に遅れが見られ始めた。

「アー！　アー！」

「叫んだところで、根本的な実力差は覆らんぞ！」

ガードを超えて悪魔の顔面に俺の拳がヒットする。

本能的にか、すぐさま反撃をしてきた悪魔だが――それをしてしまえばもう俺の攻撃を防ぐことは不可能。

「せめてガードをしながら隙をみて逃げ出すべきだったな」

殴る殴る殴る殴る殴る。

こうなればもはや俺の独壇場だ。

「ア、ア、ア、ア゛、ア゛!?」

一方的に打ちのめしていき、徐々に悪魔から黒い粘液のようなものが地面に飛び散っていく。

もはや原型すら留めていないほど歪んだ悪魔は、ここに来て初めて感情らしいものを見せ始めた。

すなわち――恐怖。

「ァー……ッ」

怯えたように下がり始める悪魔の首を掴んで持ち上げる。

「本体ごと燃えつきろ。『フレア』」

瞬間、激しい黄金の炎が黒い人型の上半身を吹き飛ばした。

ジュワジュワと焦げ臭い匂いが周囲に漂い、地面に落ちた下半身が必死に逃げ出そうとするが……。

「逃がさん」

今度はそちらに向けて同じく黄金の炎を解き放つ。

地面に炎が走り、黒い下半身に追い付くとそのまま一気に燃やし尽くした。

悪魔を完全に滅した俺は、そこで油断することなく辺りを見渡すと、ウネウネと、わずかに動く丸い影。

それらは先ほどまでの悪魔の欠片であり、そしてまだそこに『生物』としての意思が残されている。

俺に対する恐怖もあるのか、少しでも遠ざかるように逃げていくのだが、見逃してやるわけがない。

「風よ渦巻け」

ゆっくりと、穏やかな風が俺の目の前で小さな竜巻となり、徐々に巨大化していく。

それは地面に落ちる細々とした黒い悪魔の残滓たちを掃除機のように吸い込んでいき――。

「そして燃えろ」

黄金の炎が混じる竜巻によって黒い粘体が燃やし尽くされ、そして醜悪な臭いとともに風に消えていった。

「クヴァールの残滓とはいえ、所詮はこの程度――」

なんとなくそれを見送るように空を見上げた俺は、風に混じる魔力の残り香を感じて思わず瞳を細めてしまう。

完全に滅ぼすつもりで魔術を放ったはずだ。

だというのに……。

「なんというしつこさ……ゴキブリ並みの生命力だな」

風に乗って消えていくかと思ったクヴァールの残滓が再び集まりだし、古の巨人を思わせるほど大きくなっていく。

『アー……』

先ほどと同じような、壊れた機械のような声。そこには俺に対する恐怖と、そして怒りが込められているのがよくわかる。

どうやらこの再構成の中で、少しは生物らしくなったらしい。

それと同時に、悪魔の魔力が大幅に削れているのもわかった。

今回の大型化でよほど力を大きく使ったらしく、もはや復活することもできないだろう。

「さて……それでは今度こそ、終わりにするとしようか」

俺を見下ろしている悪魔と向き合うため、俺はゆっくりと浮遊し、真正面から巨人となったそれを見て不敵に嗤う。

「まるでラスボス戦だな」

そう思ったのは、ラスボス戦というのが一回で終わらないイメージがあるからだ。

多くの人間がそう思うかは別として、俺にはそのイメージがあった。

それはゲームかもしれないし、漫画かもしれないし、小説やアニメの影響なのかもしれない。

なんにせよ、第一形態、第二形態があるというのは人気とロマンがあるのだろう。

「もっとも、敵が大きくなるのは負けフラグというものだがな」

戦隊モノであれば倒した怪獣が大きくなるなどよくあるパターンだ。

逆に元々大きかった敵が第二形態で小さくなって、代わりにその力が圧縮されて強くなる、というのも王道だろう。

「まあ、どちらにしても関係ない」

俺の前に立ちはだかる敵はすべて殲滅するだけだ。

『アーアーアーアー』

空を響かせるような声。まるでダイダラボッチのような見た目のそれは、相変わらず同じパターンの攻撃で俺を叩き潰そうとする。

これがゲームであれば、攻撃力が上がっていて初見で全滅してしまうかもしれない。

実際、マジックバリアで防ごうとしてもこの魔力を奪われ消えてしまう以上、俺にできることは躱すことだけ――。

「などと言うと思うなよ?」

振り下ろされた黒い腕を、俺はそのまま片腕で受け止める。

まさか止められるとは思わなかったのか悪魔が驚いたように声を上げるが、知ったことではない。

そのまま掴んだ腕に向かって魔力を放ってやると、まるで風船に針を刺したように悪魔の腕が吹き飛んだ。

『アーッ!?』

「さあ、このまま蹂躙してやろう」

俺は浮遊魔術で反対側の腕を掴むと、同じ様に吹き飛ばす。

これで両腕がなくなったわけだが、ボコボコと気持ち悪い音を立てると、身体の内側から再び黒い腕を生み出した。

だらんと垂れ下げられた腕は元通りだが、先ほどと同じように攻撃してくることはない。

どうやらこの形になっても学習能力はあるようだ。

「まあもう、どちらでもいい話か」

『アッ!?』

巨大な体が宙に浮く。

足を地面から離れたことでバタバタとさせながら暴れるが、もうこの風の牢獄から抜け出すことはできないだろう。

なにせ、魔力を奪う特性を逆手に取って、その部分に『大量の魔力』を流し込んでやっているのだから。

「くくく……」

その度に部位が破裂していく悪魔を見て、俺は笑いをこらえられずにはいられなかった。

「無様だなぁ！　クヴァールの力を持っているというのに、なんと情けないことか！」

『アー！　アー！　アー！』

「煩い、囀《さえず》るな蛆虫が！」

俺は悪魔の頭上に向かうと、そのまま頭部らしき部位を思い切り殴る。

圧倒的質量を持つはずの悪魔は、それだけで地面に思い切り叩きつけられた。

しかし再び風の魔術で浮かび上がり……。

「何発でも喰らわせてやろう」

再度地面に向かって叩きつけた。

浮かび上がらせる。

殴る。

浮かび上がらせる。

殴る。

それを何度も繰り返してやると、よほどダメージが大きかったのか悪魔の身体は最初の時よりもずっと小さくなってきた。

『ァ……ァ……』

「結局のところ、たとえ図体が大きくなろうと『絶対の力の差』というのは覆らないということだ」

そして、再び人程度の大きさに戻った悪魔は、もはや動く気力すらないように地面に倒れる。

「さらばだ。もう二度と、この私の前に出てくるなよ……」

悪魔の頭部を思い切り踏みつけて潰した後、最後に指先程度の大きさの炎を灯す。

それは黄金色へと変わり、涙が零れるようにゆっくりと地面に零れ落ち――。

「『イフリート・ティアーズ』」

悪魔に触れた瞬間、まるで天まで上るような獄炎の柱が生み出され、『悪魔だったもの』は欠片も残さず消滅した。

今度こそ、と思い周囲を警戒してみるが、悪魔の残りカスらしきものも存在しない。

先ほどので、完全にクヴァールの力は滅ぼしきったらしい。

「……やっと終わったか」

特に脅威に覚えたわけではないが、それでも精神的にはどっと疲れた。

単純にあの悪魔がしつこかったというのもあるが、なにより俺にとって『破壊神クヴァール』に関わるというのは精神的に気分が悪いのだ。

「まあ、見つけ次第滅ぼすのは絶対だがな」

苦手であったり、嫌いな物から目を逸らして生きていくことは簡単だ。

だがしかし、それは俺の中に眠る『シオン・グランバニア』という存在の魂が許してくれない。

本来の歴史であれば気高き帝王であるこの身体、それをただのサラリーマンが乗り移ったからといって大きく変えてはならないだろう。

「まあそれも、今更だが……」

破壊神クヴァールに乗り移られることを防ぎ、シオンと相打ちに命を落とすはずだった聖女フィーナの未来も変えた。

これにより変わった未来はきっと大きなものだ。だがしかし、そこに後悔などない。

なぜなら俺は、俺のために生きると決めたのだから。

「だからこそ私は――」

――この世界を現実のものとして生きていく。

そう呟こうとした瞬間、世界が変わる。

「っ――!?」

破壊され尽くした森も、崩壊した要塞の城壁も、そして眩い太陽も美しく広がる空すらなくなり、ただただ真っ白な空間が広がった。

そしてすぐに世界が再構成されていき、美しい庭園と古代の宮殿が生み出される。

「神の庭園《ヴァルハラ》だと!?」

それはゲーム世界でもたった一度だけしか登場しない、神々の世界。

本来、旧神であっても現神であっても、今の地上に舞い降りることはできない。

それでもなにか世界に影響を与えなければならない事態が発生した時のみ、一時的に『依り代』に憑依して神の奇跡を与えるのである。

しかし、その神の奇跡を使用するためには地上に『神の力に耐えられる場所』が必要だった。

ゲームではただ一度、『ラストバトル後にのみ、イベント戦で生み出された場所』。

そしてラスボスである『クヴァールに乗り移られたシオン・グランバニアが死んだ場所』。

「今までの貴方の行動は、すべて見させて頂きました」

ヴァルハラの中心、そこには神殿を背景に蒼銀色の髪をした少女が浮かんでいる。

手にはこれまで『この世界』では見たこともない美しい剣。

そして普段の人を落ち着かせるような口調の彼女とは大きく異なる、冷徹な声。

「なぜだ……」

なぜ今、奴がこの場に現れる？

それも、ゲームのラストバトルと同じ戦闘態勢を取った状態で――。

「なぜここで貴様が出てくる！　答えろ！　天秤の女神アストライア！」

俺の怒り、そして叫びを聞いた彼女は、ただ冷たい瞳でこちらを見下してくるだけであった。

第九章　天秤の女神アストライア

『幻想のアルカディア』というゲームを大きな枠組みで言えば、過去に大陸を支配していた旧神と、人間たちと歩もうとする現神の戦いだ。

主人公であるカイルは戦神アレスとともに、本来なら人の身では絶対に敵わない旧神たちと戦っていくことになる。

神にもランクはあり、創造神エステアや破壊神クヴァールを除けば、カイルとともに戦う戦神アレスは最強格の力を持っていた。

そしてそんな戦神アレスと同格であるのが、聖女フィーナとともに在り続けていた『天秤の女神アストライア』。

他の神々からは断罪の女神とも呼ばれ、神の力を悪用する者を裁く存在だ。

「これはいったいどういうことだ？」

俺は六対の銀翼を背負ったフィーナ——その身体を奪ったアストライアを睨み付ける。

神の庭園は、地上では強すぎる力を発揮できない神々が、唯一その力を振るえる場所。

わざわざそこを生み出し顕現してきたということは、断罪を始めようとしているのは間違いない。

しかし、問題はその理由である。

「リオン……いえ、シオン・グランバニア。貴方のことは、この子を通してずっと見させて頂きました」

「……神のくせにのぞき見とは、良い趣味だな」

「貴方自身の在り方も、そして神すら屠《ほふ》るその力も、あまりにも危険と判断しました」

俺の言葉を無視して、アストライアはただじっとこちらを見てくる。

「……破壊神は世界を滅ぼす可能性を秘めています」

どうやらアストライアは俺の正体――クヴァールの依り代であることを把握しているらしい。

しかし、明らかに敵意を向けてくることに疑問を覚えてしまう。

天秤の女神アストライアは人間にとって平等な存在だ。

善行を積めば助け、悪行をすれば裁きの対象となる。

彼女はどこまでも人間の味方であり、そして人の世を正すために力を振るう神。

そして少なくとも、俺はフィーナと出会ってからクヴァール教団以外の存在には大きな被害を与えていないし、罪も犯していない。

クヴァール教団は現神であるアストライアから見ても滅するべき敵である。

やつらを殺したからといって、彼女の基準では罪ではないはずなのだ。

だというのに、彼女の瞳は完全に敵を見るもので――。

「私が危険だと？　貴様の目は節穴か？」

俺は表情を崩さないようにしながら、内心では非常に焦っていた。

なぜならこの場所、そしてこのシチュエーションこそ、本来の歴史である『ゲームのラストシーン』だからだ。

――まさか、世界の修正力が働いているのか？

過去を改変させても、元あるべき歴史に戻る力があるというのは、フィクションでは定番の設定だ。

だがしかし、それでは俺が今までしてきたことはいったい……。

「貴方の存在、それはおそらく善性に近いのでしょう」

「……」

「この子を救い、敵対した古代龍を殺さず従え、そして見ず知らずのエルフすら救おうと動いた」

「私は私の心に従って動いたのみ。救うなどというつもりはなかったがな」

「そうであっても救われた者たちがいたのもまた事実。ですがそれを補ってなお──」

──貴方の中に存在する破壊神の力は危険なのです。

「くっ──!?」

神の証である銀翼の光が強くなる。

それと同時にアストライアは手に持った剣をこちらに突きつけてきた。

「貴方はすでに旧神である破壊神の力を己の物としています。そして未だにその力は成長を続けている。これ以上放置すれば、いずれエステアすら滅ぼしかねない存在となるでしょう。ゆえに、今のうちに破壊神の力ごと完全に滅ぼさせて頂きます」

そして、閃光が奔《はし》る。

光のごとき速さで俺に接近したアストライアは、その剣を振り下ろしていた。

「ちぃっ!」

慌ててマジックバリアを展開するが、拮抗したのは一瞬だけ。

まるで飴細工を斬るように、あっさりと障壁を斬り裂いてくる。

大きく飛び下がることでなんとか躱すことができたが、アストライアはそのまま追ってくるので、魔力球を展開し――。

「近付けさせん『ミーティア』」

最も展開速度が速く、そして得意とする魔力の流星群を解き放つ。

これまでと違い、本気で放ったそれらは一つ一つが凄まじい速度で彼女に迫るのだが――。

「この程度で、神を止められません！」

アストライアは白銀のオーラを全身に噴出させ、真っすぐ突き進みながら剣でミーティアを斬り裂いた。

その勢いは衰えることなく、接近する彼女に対して時間稼ぎにすらならない。

俺も浮遊魔術を全力で使ってアストライアから距離を取ろうとするが、どうやら速度はやつに分があるらしい。

徐々に迫られていき、すぐに剣の届く距離まで詰められた。

「喰らいなさい！」

「っ――『バースト』！」

彼女が剣を振り下ろすより先に、俺の魔術が発動する。

俺とアストライアの間で激しい爆発が起きて距離ができたのだが、このままでは埒《らち》があきそうになかった。

なにより、あの身体はフィーナのもの。

いくら神が宿っているとはいえ、なんの罪もない彼女を殺すわけにはいかないのだ。

「……厄介だな」

煙が晴れ、無傷のアストライアを見ながら俺はどうするべきか考える。

「神の力を宿しているとはいえ、あの状況ですら切り抜けられるとは……人の子とは思えない動きですね」

「ふん、この程度で驚くとは、神もずいぶんと堕ちたものだな」

「もう千年以上も地上から離れていますから。ただいつまで経っても、人の成長には驚かされるばかりです」

そんな軽口をかわすと、長年の友人のような錯覚さえ覚えてしまう。

しかし今、アストライアは俺の命を狙い、存在そのものを滅ぼそうとしている相手。

こんな軽口の間でさえ、まるで油断ができない状況だった。

「さて……どうするべきか」

ゲーム風に言えば、俺のステータスは世界最強であることは間違いない。

だがしかし、それは人間の中ではという話。

この世界における最強というのは、旧神と現神なのだ。

「抗うことを許します。今回の裁定は決して正しいものではありませんから」

「正しくないのに裁きを下すと?」

「世界の未来のためです。抗い、そしてその先に死を受け入れてください」

「貴様は裁きの女神だろう？　ならば、その在り方と異なる存在に力を振るえば――」

俺は言葉を途中で切る。

アストライアの表情がどこまでも穏やかで、そしてすべてを受け入れる覚悟を持っていることに気がついたからだ。

「そうか……」

この神は、この件が終われば神としての力を失うだろう。

それでも世界の未来のために、間違っている可能性が高いと分かっているのに崩壊の芽を摘みに来た。

「ならば私からはなにも言うまい」

「感謝します」

アストライアが再び迫る。

それに対応するように、俺も黒い魔力で生み出した剣で対抗した。

二つの強大なエネルギーがぶつかり合い、空間が歪み始める。

かつて神話の世界で神々が覇を競い合ったように、俺たちはその力を使い世界を侵食し始めたのだ。

「ハアァァァァ！」

「オォォォォォ！」

連続する剣戟《けんげき》の音は、俺とアストライアの実力が拮抗していることを示していた。

超高速の打ち合いは大地を震わせ、空間に軋みを生み出させる。

これが神の庭園でなければ、世界の魔力バランスが崩れて世界に悪影響を与えていただろう。

「考え事とは余裕ですね！」

「そうでも、ない！」

――強い。

アストライアの剣の技量は、俺がこの世界で見てきた誰よりも高く、重く、速く、そして鋭いものだった。

それでいて放出される魔力も圧倒的で、俺がこれまで蹂躙してきた敵とは一線を画している。

「喰らいなさい！」

「むぅ！」

放たれるレーザーのような光魔術を躱すと、背後の大地を穿っていくのがわかった。

当たれば俺といえどただでは済まない威力で、だからこそ迂闊《うかつ》な反撃が命取りになりそうだ。

このように攻撃パターンも多様で、単純に剣だけでないのが厄介だった。

「こちらは下手な攻撃ができないというのに、好き放題してくれる！」

フィーナを殺すわけにはいかない俺は必死にその攻撃を防いでいくのだが、アストライアの動きはさらに鋭くなっていく。

さらに空色の瞳が俺を射抜き、機械のように正確な剣はまるで芸術のような美しさすらあった。

もし俺が皇帝であったなら、彼女を鑑賞用として傍に置いたかもしれない。

「……たしかに、意外と余裕があるのかもしれんな」

追い詰められているのは間違いないが、それでもこんなくだらないことを考えられるのだから、そう思っても仕方がないだろう。

なんにせよ、どうすればこの状況を打破できるのかを考え続ける。

天秤の女神アストライアは強い。

少なくとも、俺がこれまで戦ってきた敵の誰よりも。

「ハァ！」

「くっ――」

鍛えたこともなさそうな細腕から振り降される剣を受け止めると、凄まじい威力で押し込まれてしまう。

魔力で強化しているのは分かるが、それでも見た目とのギャップにどうしてもズレが生じてしまうのだ。

「シオン・グランバニア。貴方は己の力をどれほど理解していますか？」

鍔《つば》ぜり合いの最中、空色の瞳が俺を射抜いてくる。

「誰よりも理解しているとも」

「ならば、その強力な力がこの世界に存在してはいけないことも理解していますね」

「……」

白銀の剣を受け止めながら、アストライアの言葉に対して俺はなにも答えない。

なぜなら、他の誰でもない俺自身がこの力の恐ろしさを知っていて、そうだと理解しているから。

「貴方は死ぬべきです」

「人は誰しも生きる権利がある」

「その通り。ですが人を、世界を、神を滅ぼす存在は……っ！」

一瞬、俺はなにもしていないというのに、アストライアが苦渋の表情を作る。

神とは世界そのもので、決められた役割を与えられている存在だ。

裁きの女神としての役割ではあり得ない行動に、世界が彼女を否定しようとしているのだろう。

おそらく今、彼女は少し動くだけでも魂が削られるような痛みに襲われているに違いない。

「この、程度の痛み！」

それでもアストライアは止まらない。

与えられた役割よりも、世界の未来を選ぼうとしているがゆえに。

「ちっ！」

覚悟を決めた者が放つ一撃は、重い。

一層力の込められた剣を受け流し、一瞬できた隙で距離をとる。

「ぐっ――――!?」

アストライアの表情が苦痛に歪み、初めてその動きを止めた。

本来ならこの瞬間に倒せたかもしれないが、それではフィーナも死んでしまうので困ったものだ。

「……なぜ反撃しないのですか？」

「私にとって、貴様は敵ではないからだ」

「敵ですよ」

苦しそうな表情を消し、剣の切っ先が俺に向けられる。

それと同時に奔る閃光を避けると、背後の神殿が吹き飛んだ。

「次は当てます」

「やってみろ」

再び飛んできた閃光を俺は片手で受け止める。

「ぐ、ぐぐぐ……」

地面を削りながら徐々に押し込まれる。

アストライアの力は本物で、神というに相応しい。

だがそれでも、レーヴァの一撃を受け止めた俺を倒し切れるほどではない。

「信じられない……」

次第に薄れていく光の中で、アストライアが驚愕した瞳で見ていた。

どうやらこの光の一撃には相当な自信を持っていたようだ。

「どうした？　この程度か？」

そう強がってみるが、正直俺も無傷とは言えない状況。

防いだ右腕を見れば焼け焦げており、肉の匂いが漂っている。

痛みは精神力で抑えることができるが、若干骨すら見える状態というのは気分的に良くないものだ。

「天秤の女神よ、先ほども言ったが、私の力がどういうものかはもちろん理解している」

「ならば私も同じことを言いましょう。神をも超えるその力は世界の秩序を乱し、そしていずれ混乱へと導くものです」

「だとしても、『今』私が断罪を受ける理由にはならない」

「そうだとしても、『未来』を守るために私は貴方を滅ぼします」

完全に平行線の意見。

俺から見れば、彼女はもう退くに退けない状況になっているだけではないのかと思ってしまう。

とはいえ、それが神というものだとも知っていた。

――神というのは完璧であり絶対の存在。

それがこのエステア大陸における常識だ。

そして神が死ねというなら……。

「下らんな」

「……今なんと？」

「下らんと言ったのだ。なにが神だ！　所詮はこの世界の歯車の一つでしかない存在のくせに、まるで至高の存在のように振る舞うなどなんと傲慢不遜！」

この世界にとって『神』というのは物語のキーパーソンにして絶対の存在。

それを否定する気は毛頭ないが、しかしだからといってなんでも思い通りになるなどあり得ない。

なにより今、アストライアは神である自身の役目を否定してまで、俺を殺そうとしている。

それはつまり、彼女自身が神の在り方の否定していることに他ならない。

「神は人よりも上位の存在です！」

「ならば貴様は、創造神エステアが死ねと言ったら死ぬのか？」

「ええ、もちろん」

一切の迷いもなく頷くアストライアを見て、俺はやはり違うと思う。

少なくとも、今の彼女からは神の在り方に抵抗の意思を感じられた。

神の意志と言いながら神を否定し、未来のためと言いながら今を壊す。

「今の貴様は矛盾しているな」

「……」

俺の言葉をどう受け取ったのかわからないが、アストライアはこれ以上の問答は無用と再び剣を構える。

「何度でも言いましょう。この世界に貴方はいてていい存在では——」

「黙れ！　神のなり損ないが！」

「——っ!?」

ここまでの会話で分かったが、このアストライアはもはや神ではない。

ならば俺がやるべきことは、アストライアではなく真に世界を想う少女に語りかけること。

そう、女神のような『システム』ではなく、人間であるフィーナだ。

「フィーナよ！　貴様は私に言ったはずだ！　たとえ世界を滅ぼすことになっても『死にたくない』と！」

それは以前、まだ交易都市ガラティアにいた時の話。

――もしも……自分が死ぬ運命だと知っていたら、お前はどうする？

――それはもちろん、死なないように運命に抗います。

フィーナはたしかに言ったのだ。

たとえ世界を滅ぼすことになったとしても、死にたくないから運命に抗うと。生きたいと、そう言った。

「知っているだろうが、私は敵対するものには容赦をしない」

「……くっ」

一歩、俺が踏み出した瞬間アストライアが後ずさる。

至高の存在である神であれば、あり得ない行動。

それこそが、今の彼女が神でない証明であり、そして俺たちの間にある力の差だ。

「アストライアよ、貴様は私がフィーナを殺せないと思って今回、戦いを仕掛けてきたな？」

「だったら、どうだというのですか？　貴方は非情に見せていますが、その実一度受け入れた者に対してはとても甘い。この子を殺すことなどできないでしょう？」

「貴様は絶対者である神でありながら、私に勝てないと分かるとそのような手段に頼る卑怯者だ」

だからこそ今、覚悟を決めた俺を恐れている。

「受け入れた者には甘い？　どうやら一つだけ思い違いをしているようだから教えてやろう」

――私は、死が怖い。

「……貴方が？」

誰もが抱き、誰もが当然言うであろうセリフは、しかし『シオン・グランバニア』という存在にはあまりにも似つかわしくない言葉。

それを聞いたアストライアがあり得ないと言わんばかりに驚く。

しかし死にたくない、生きたいというのは生物すべてにおける原初の想いだ。

「当たり前だ。私は『人間』だからな」

だから俺は言う。なぜなら俺は『幻想のアルカディア』のラスボスではなく、ただのシオンだから。

そして死にたくないと言ったのはフィーナも、同じ。

「フィーナよ！」

「っ――」

「死にたくなければ、抗え！『カラミティ・ブラスト』！」

焼け焦げた掌をフィーナに向けると、極太の黒い光線を解き放つ。

直撃すれば神ですら消滅を免れない闇の最上級魔術は、神の庭園の大地を穿ちながら突き進み、世界の一部を削り取った。

「ハァ、ハァ、ハァ！」

「ふん、躱したか」

「くっ……今のは、当たっていたらこの子ごと……」

「消し飛ばすつもりだったさ」

それが俺の選択。

「さあフィーナよ。次は貴様の番だ。死にたくなければ貴様も選ぶのだ」

――神の道標か、それとも人としての生かを。

「どちらを選んでも、私はその選択を尊重しよう」

そうして俺はただ無防備にアストライアの前に立つ。

一歩も動かず、彼女の銀色に光る剣を前にして両手を広げてその未来を受け入れる。

そして――。

「リオン様……ごめんなさい。私は死にたく、ない。でも、貴方に死んで欲しくない――だから！」

――信じて下さい！

そう言いながら、涙を流したフィーナの持つ剣が俺の身体を貫いた。

ずぶりと、とても柔らかい音とともに地面が深紅の雫によって濡れていく。

遠ざかる意識の中で、涙を流しながらも強い意志を秘めた瞳で俺を見るフィーナが目に入る。

――ああ、信じよう。

それが嬉しく、俺は今まで見せたことのないような笑みを浮かべて、彼女の剣を受け入れた。

第十章　決着

意識が暗い闇に飲み込まれる中、俺は昔のことを思い出していた。

――壊せ。

うるさい。

――破壊しろ。

黙れ。

――この世のすべてを滅ぼすのだ！

貴様の言うことなど誰が聞くか！

この世界に生を受けてからずっと、俺は心の奥底から聞こえてくる声を否定してきた。

もし一度でもこれを受け入れてしまえば、俺はきっと俺ではなくなってしまうから。

傍に這いよるこの声の主は、いつも俺を取り込もうとしてきて、そして――。

「くっ……ぅぅぅ」

目を開けると、地面に仰向けで倒れた俺の上に馬乗り状態になったフィーナの姿があった。

腕をフルフルと震わせ、必死に抵抗をしているようにも見える。

感情がおかしくなっているのか、怒りと悲しみと無情が混ざり合ったような表情。

涙をポタポタと流し、その雫が俺の顔を濡らしていく。

「だ、め……神様っ！　駄目です！」

『フィーナ、貴方もこの力がどれほど危険なのか分かっているはずです！』

「違います！　もう……もうこの力は危険なんかじゃないんです！」

『この男の力の源は破壊神のもの！　ここで殺さなければいずれ、世界すら飲み込むほどに強大に――！』

俺を殺そうとする女神アストライアと、俺を助けようとするフィーナが肉体の主導権を奪い合っているのだろう。

同じ身体からまったく逆の言葉が出てくるのを見ているのは、どうも違和感を覚えてしまう。

見れば、俺の身体には剣で貫かれた穴が開いている。

我ながらこれでよく生き永らえているものだと感心するものだが――そこで俺の身体が白い光に包まれていることがわかった。

「リオン様！　目を覚ましたんですね！」

『くっ！』

「まったく……貴様というやつは……」

普通なら致命傷の傷でもこうして意識が保てるのは、どうやらフィーナが回復魔術を継続して使ってくれているかららしい。

使っているのは聖エステア教会でもごく一部の者しか使えない最上位のもの。

アストライアと意識を奪い合いながらということも考えれば、とてつもない才能だと言わざるを得ないだろう。

そもそも、存在として上位者であるはずの神と己の身体の制御を奪いあえること自体、奇跡のようなものなのだ。

さすがはゲームでも壊れキャラとして、主人公を差し置いて最強を誇った――。

「いや、違うか……」

そもそも、この世界の人々は生きている。決してゲームの中の存在ではないのだ。

だからこそ、そんなふうに考えるのは彼女に対する冒涜《ぼうとく》だろう。

「さすがは聖女、といったところだな」

「あ……」

そしてフィーナのおかげで傷が完治した俺は、身体の主導権を奪いきれずに動きを止める彼女をどかして立ち上がる。

服には穴が開き、そして大量の血液が流れたせいか意識がやや薄れているが……。

「気分がいいな……」

ずっと、生まれたときから俺の耳に残り続けていた奴の声が完全に途絶えていた。

一度はその肉体を滅ぼし、それでも魂だけとなって往生際も悪く残り続けていたクヴァールの残滓《ざんし》が、俺の中から完全に消えていた。

「フィーナよ。貴様は分かっていたのか？」

先ほどの彼女はこう言った。

――もうこの力は危険なんかじゃないんです！

それは俺の中で眠っていたクヴァールの力を恐れるアストライアに向けた言葉だ。

「リオン様の中に眠る破壊神の意思は……神様の剣で貫いたときに完全に消滅しました」

「そうか……だからか」

「だから神様！　これ以上リオン様を傷つけることは止めてください！」

『……』

フィーナの言葉によって、これまでずっと俺を殺そうという意思を隠さなかったアストライアの瞳が揺れる。

だが俺はそんな彼女のことよりも、自身の内部の変化に驚いていた。

フィーナの言う通り、俺の中にずっと燻《くすぶ》っていた破壊神の意思すら、今はもう完全に消えている。

「くく……」

「リオン様？」

生まれたときからずっと抑え続けていた破壊神の意思が消え、俺の身体は今まで感じたことのないほど軽い！

「ああ……そうか。世界とはこんなに広かったのか」

これまで以上に感覚が鋭くなり、そして世界に広がる魔力をより繊細に感じることができた。

空は高く、風は柔らかく、空気は澄んでおり、大地は力強い。

まるで初めて一人で外に出た子どものように、世界の大きさを今更ながらに感じながら、俺は今の自分を知るために魔力を放出する。

それだけで神の庭園の空間に亀裂が走った。

『な、なんですかこれは……なぜ破壊神クヴァールの力を失ったというのに、先ほど以上の魔力が……』

「なぜだと？」

そんなことは当然だろう。

「私は生まれたときから、破壊神クヴァールの存在に気付いていた」

『生まれたときから……？』

「そしてやつを表に出さないよう、自らの魔力でずっと抑え込み続けていたのだ」

『っ――!? 神を、しかも最上級神であるクヴァールを、ただの人間が抑え続けていたというのですか!? そんなこと、我々ですら不可能だというのに！』

「貴様らの常識がすべてだと思うな」

俺の力の半分以上は、常にクヴァールを抑えることに使われていた。

たとえ肉体を失った神であってもその力は強大であり、なにより魂だけになっても俺という器を狙い続けていたのだ。

それが今、天秤の女神アストライアという神の力をもってその魂だけを討ち滅ぼし、フィーナの聖女の力で傷を治した。

「まったく……これほどまでに大きな借りができたのは生まれて初めてだ」

生まれたときからずっと付き合ってきた、最大級の破滅フラグ。

それをまさか他の誰かの手によって叩き潰されるとは、思いもしなかった。

「くくく……ああ、なんと愉快なことか」

これまでクヴァールを抑えるために使っていた魔力を全開にすると、先ほど入った空間の罅《ひび》がさらに大きくなる。

俺の放つ黄金の魔力に、神の庭園が耐えられなくなっているのだ。

『ぐ……こんなこと馬鹿な⁉　ただの人間が、神の庭園を……？』

「私は敵対する者すべてを滅ぼす」

ビシビシビシと、世界が壊れる音が聞こえた。

「そして私は、自らを救った者は絶対に救ってみせる！　さあ天秤の女神アストライアよ！　私の中にいた破壊神クヴァールの力はすでに聖女フィーナの手によって滅ぼされた！　それでもまだ、この身を討ち滅ぼそうとするか⁉」

『……』

アストライアはほんの少しの間だけ瞳を閉じ、そして空色の瞳で真っすぐ俺を射抜いてきた。

『破壊神クヴァールの力が滅びたことは認めましょう。ですが、貴方の力はそれ以上の脅威となります』

「……それが、貴様の答えか」

「駄目です神様！　もう、これ以上は……」

『黙りなさいフィーナ。私は世界の秩序を守り、正す存在！　たとえ悪しき力でなくとも、神を超える力は許されるものではありません！　未来のため、打ち砕かせて頂きます！　いでよ！　アークエンジェルズ！』

その瞬間、アストライアの身体から膨大な魔力が解き放たれ、白い閃光が空へと伸びる。

天を斬り裂き白銀の狭間が生み出されたと思うと、そこから白い翼をもった騎士たちが大量に現れる。

その数――数百は下らない。

「天界が誇る最上級天使たちです！　一体一体が下級神に近い力を持ったこの軍勢を前に、どれだけ耐えることができますか⁉」

「自信満々なところ悪いが……」

俺はひび割れた空を見上げる。

天使たちよりも遥か上空に広がった罅の外側から、強引にこちらに入って来る存在。

「ご自慢の天使たちは、所詮下級神程度の力しか持っていないのだろう？」

かつて創造神エステアや、破壊神クヴァールと正面から戦い続けた存在がいた。

結果的に敗北したとはいえ、その力はまさに上級と呼ばれる神すら上回る。

「ならば、やつの炎に耐えられるものではないな」

俺の言葉に反応するように、罅が大きく破裂して獄炎の炎が入り込んでくる。

それは下級神に匹敵する力を持った天使たちを飲み込み、一気に滅ぼしてしまった。

『くくく、ハーッハッハッハ！　久しいな天秤の女神アストライアよ！』

『煉獄龍……レーヴァテイン⁉』

『そう、我だ！　我こそは原初における神の反逆者！　煉獄龍レーヴァテインである！』

その口上とともに巨大な龍の姿をしたレーヴァは、まだ残っている天使の集団に襲い掛かった。

下級神に近い力を持っていようと、レーヴァはかつて最上級神たちと覇を競った正真正面、世界最強クラスの存在だ。

「これで、貴様ご自慢の天使どもは使い物にならないな」

『くっ――』

「さあ、それでは決着を付けようか」

――天秤の女神アストライア。

「貴様の清く強き心は私も認めよう！　しかし、それでも私は『死にたくない！』」

本来の歴史では、『シオン・グランバニア』を『聖女フィーナ』とともに滅ぼした、俺にとって破壊神クヴァールと並ぶ最大の破滅フラグ。

「ゆえに、貴様を倒すことで真の自由を得る！」

黄金の魔力を全開にし、アストライアと向き合う。

神の庭園――人であればここに神秘性を見いだし、自然と生命が溢れるこの空間に心惹かれることだろう。

「……だが私にとって、ここほど居心地の悪い場所はないな」

当たり前だ。たとえ自分が経験をしたわけでないとはいえ、『あり得たかもしれない未来』で死ぬ場所なのだから。

この世界に生まれ変わってからずっと、この場所にだけは来たくなかった。

「ゆえに、私はこの空間を拒絶する！」

俺は声を上げ、そしてこれまでずっと破壊神クヴァールを抑え込むためだけに使っていた『金色の魔力』を開放する。

そしてそれは徐々に空間を歪ませていき、より闇の力が深くなった瞬間——世界が反転した。

青々と広がっていた空は紅く、白かった雲は黒く——。

空に浮かぶ白き天使たちは紅蓮の炎を纏《まと》った龍に蹂躙《じゅうりん》され、翼を散らしながら堕ちていく。

——いずれ神々の終焉《ラグナロク》と呼ばれるような光景だな。

そしてそんな光景を見ながら、蒼銀色の髪をした少女は恐れを隠せない様子で呆然と立ち尽くしていた。

『あ……ありえない……ここは神の庭園。それが、こんな……！』

アストライアが動揺したように声を上げる中、神秘的な雰囲気だった空間は徐々に金色の闇に呑み込まれ続ける。

そして今、聖域らしく美しかった世界は、まるで終焉を迎えた世界のように荒廃した。

『くくく……さすがは主！　もはや神の世界すら塗りつぶすほどの破滅的で暴虐的な魔力！　だがこの世界は、我にとっても心地良い！』

炎のような深紅の空。雷豪鳴り響く黒い雲。草木一つ生えない大地。

まるで命を否定するようなこんな煉獄の世界が心地いいとは、レーヴァも大概な存在だと思う。

「まあ、私も人のことは言えないか」

正直言って俺は今、過去最高に気分が高揚している。

この世界に転生してから、ありとあらゆるしがらみに雁字搦《がんじがら》めにされていたが、自分の実力でその全てを叩き潰してきた。

だがそれでも残り続けるものがあったのだ。

それも今、フィーナのおかげでなくなった。

「さて……まずは借りを返さなければな」

昔から借りたものをそのままにしておくのは嫌いなのだ。

俺は自然な動作で一歩踏み出し、その瞬間にはアストライアの前に立つ。

「なっ⁉　いつの間に――⁉」

「遅い」

「グゥッ⁉」

その首を一気に掴むと、そのまま持ち上げる。

一瞬の出来事に自分がされたことにすら気付けなかった彼女は、足をバタバタとさせながら苦悶の表情を浮かべていた。

その姿は、つい先日殺したクヴァール教団大司教のイザークと同じだ。

「人も神も、こうすると同じ行動を取るものだな……ハァ！」

そうして俺は反対の手に魔力を込めると、そのまま彼女の心臓を貫くように突き出した。

その瞬間、フィーナの身体の中からまるで幽体離脱をするように別の存在が飛び出してくる。

「がぁっ――!?」

「ふん、まずはこれでいいだろう」

俺は手から力を抜き、そのままフィーナを地面に降ろしてやる。

「え……？　あれ？」

「痛かったか？」

「い、いえ……ただ、あれ？」

「なら気にするな」

自分の中にいたはずのアストライアがどこかへ消え、驚いているらしい。

だがいくらフィーナが探しても、彼女の中にもう神はいない。

なぜなら――。

「こ、これは一体……なぜ器なく私本人の身体が顕現を……？」

少し離れたところでは、白銀色の髪を腰まで伸ばした女性が戸惑ったように自分の身体を見下ろしていた。

着ている服は軽鎧と法衣の間のような白いもの。

腰には先ほどまでフィーナが持っていた剣が下げられている。

先ほどまでどこにもいなかったこの女性こそ――ゲームにおいてラスボスに止めを刺す女神、アストライア本人だった。

「ここは私の空間だ。これだけ魔力の充満してる場所であれば、本来の力を発揮するには十分だろう？」

「そんな……ですがこの極限まで高められた魔力はまるで本物の神域。人が……エステア様と同じ力を？」

「御託は良い。さあ神としての力を存分に振るえ。そのうえで、貴様の壊れた天秤を二度と元に戻らないように破壊してやる」

「くっ！　しかし、これだけあれば本来の力をそのまま使えます！」

そんな言葉とともに、アストライアは剣先を俺に向けると、強大な魔力を練り上げ始める。

その行為を、俺は黙ってただ見続けていた。

「神の断罪を受けなさい！　『ジャッジメント』！」

極限まで高められた魔力の閃光。

先ほどは受け止めると手が焼け焦げてしまったが、今のアストライアから放たれる威力は先の数倍以上。

普通なら肉片一つ残らない、まさに神の断罪に相応しい威力を秘めている。

「ふん……」

だがそれを、俺はまたもや片手で受け止める。

今度は僅かに下がることもなく、ただ真正面から堂々と――。

「なっ――!?」

「後ろにはフィーナがいるというのに、ずいぶんと雑な攻撃をしてくれる」

俺はアストライアが放った『ジャッジメント』を押し返すように、小さな魔力球を飛ばした。

かつてレーヴァの獄炎すら押し切った闇の魔力は、光を奪いながらアストライアに向かっていく。

「ぐ、ぐぐぐ……！」

「抵抗は無駄だ」

苦悶の声を上げるアストライアに対して、俺は昏い笑みを浮かべながら魔力を高める。

それだけで力の差は圧倒的だったのか、彼女の閃光を飲み込みながら止まることなく進み――。

「あ……あぁぁぁぁぁぁぁ――!?」

闇の魔力がぶつかる瞬間、アストライアが決死の声を上げて大きく飛び去った。

それは『逃げる』という、神にあるまじき行為。

「絶望しろ」

「あ……」

俺は空間を圧縮すると、アストライアが逃げた場所へ先回りする。

大きく距離があったために安心していたのか、俺を認めた瞬間に顔を強張らせながら身体を硬直させた。

「う、うぁぁぁぁぁ！」

「甘い」

すぐさま剣で切りかかってきたところは流石だが、しかしその動きはどこか散漫。

動揺が隠しきれておらず、剣閃もぶれていた。

この程度の剣が、俺に通用するはずもないだろう。

俺の手にあった黒と黄金の色をした剣によって弾かれ、アストライアの剣はゆっくりと地面に落ちていく。

「ぁ……」

「っ——!?」

「手放した剣を見送っている場合ではないぞ。這いつくばれ……『グラビティ』」

空中に飛んでいた彼女は、一気に地面へと堕ちていく。

必死に立ち上がろうとするが、俺の重力魔術によって押し潰されて身動きすら取れない状況だ。

「さて……それでは終わらせるとしようか」

「ぐぅ!?」

ゆっくりと地面に降り、もがく彼女の頭を思い切り踏みつける。

散々こちらのことを世界の敵だのなんだの言ってくれたのだ。

ならばそんな彼女の期待に応えるために、いくらでも悪に徹してやろうではないか。

踏みつける足に力を籠め、一切動くことのできない彼女の首に剣を沿える。

「最期に言い残すことはあるか?」

「……貴方はいずれ、この世のすべての神にその命を狙われるでしょう。神殺しがこの世界で平穏に生きられることは決してありません」

「だとしても、すべて返り討ちにしてやるさ」

そうして俺は、闇色と黄金が混ざり合った剣を振り上げると、処刑人のようにその首目掛けて振り下ろす。

しかしその先には女神はおらず、大地を切り裂くだけに終わった。

「……どういうつもりだ？」

俺の視線の先、少し離れたところにアストライアの首根っこを掴んだ状態の老婆の姿。

それは先日エルフの里で出会い、そして俺にエルフの救出を依頼した人物――シル婆だった。

彼女はいつも通りつかみどころのない笑みを浮かべながら、アストライアから手を放す。

「ごめんなさいね。私はシオン君の味方のつもりだけど、貴方に神を殺させるわけにはいかないの」

「それを決めるのは貴様ではない。私の行動を決めるのは常に私だけだ」

「あら格好いい」

俺の本気の殺気を受けながら、それでも彼女はいつも通りの態度を崩さない。

それだけで、この老婆が最強クラスの神であるアストライアよりも格上の存在であることが分かる。

「あ……なぜ貴方様が？」

地面に這いつくばった状態のアストライアがシル婆を見上げ、驚いたように声を上げた。

「アストライア、貴方がシオン君を襲った理由は分からないでもないけど……喧嘩を売る相手はちゃんと見ないと駄目じゃない」

「け、喧嘩ではありません！　これは世界の秩序のために――！」

「でもシオン君は、まだ貴方の基準で『罪』を犯していないでしょう？」

「うっ！　しかしそれは……」

「もし本当に『罪』を犯していたのなら、貴方がそんなに弱々しい力のはずがないものね」

言い訳をしようとするアストライアに対して、シル婆は穏やかな口調でありながら断言するように言い放つ。

本来、天秤の女神アストライアは『ラスボス』であるシオン――破壊神クヴァールを討ち滅ぼす存在だ。

フィーナの命を代償に顕現したこの女神は正面からクヴァールと戦い、そして相打ちできるだけの力がある神のはず。

たしかに普通の存在よりは圧倒的に強かったが、それでも俺の知っている彼女に比べるとずいぶんと弱かった。

なにより、彼女が顕現したというのにフィーナの命は一切消耗されていない。

「……」

「ふふふ……」

そんな俺の疑問に気付いたのか、シル婆は相変わらず微笑みながら口を開く。

「天秤の女神は神すら断罪する女神。当然自分よりも強い神を裁くためにはそれ以上の力が必要だわ。だからこの子は『相手の罪の重さに比例して強くなる』性質があるの」

「そうか」

「だからもし彼女が弱く感じたならきっと、それはシオンくんが良い人だったってことね」

その良い人というのは、いったい誰にとって良い人なのだろうか？

少なくとも今回、俺はアストライアに対して良い人ではなかったはずだ。

善も悪も所詮、個人の主観。

破壊神クヴァールでさえ、奴自身が『悪』などと思っていないだろうし、教団の者たちは己たちこそ正義と信じている。

だとすればその基準はいったい――。

「アストライアの力の源はね、世界の意思なの」

「貴様、私の心を読んだな？」

「気になってるみたいだったから教えてあげただけじゃない」

「ふん、まあいい。それで、その世界の意思にとって俺が敵ではなかったというのはどういうことだ？」

「うーん……内緒」

無言で魔力球を飛ばしてやると、シル婆に当たる直前でその魔力が霧散する。

「ちっ……」

いきなり攻撃したにも関わらずシル婆がこちらを見る目は変わらない。

彼女からしたら、この程度のことは子どもの悪戯程度なのだろう。

「……それで、アストライアを見逃せと？」

「そうなの。だってこのままこの子を殺しちゃったら、シオン君って本当にこの世界の敵になっちゃうわよ」

「ふん。それは脅しか？」

「違うわよー。ただでさえ破壊神クヴァールの件で旧神たちから狙われるのに、現神にまで狙われたら大変でしょ？　って話」

「関係ない。私は私の敵になる者はすべて叩き潰してやるだけだ」

たしかにシル婆の言っていることは分かる。

破壊神クヴァールを倒したことで、今後旧神たちは俺という存在を許すことはないだろう。

元々この世界ではすでに力を失ったとはいえ、そこに信仰まで完全に消えたわけではない。

俺をどうにかできる存在がそこらにいるとは思えないが、しかしそれでも煩わしさはある。

そして現神の系譜まで敵対すれば、この世界に俺の居場所が無くなる可能性すらあるが——。

「いざというときは、力を見せつけたうえで、帝国を使って世界を征服するだけだからな」

原作でシオンがやろうとしたように、神という存在の居場所をすべて奪ってやろう。

「もー、駄目だってば。そんな生き方してたら楽しくないじゃない」

「む……」

「それに、死んじゃう可能性だって増えるわよ」

「……私が、死ぬ？」

すでにありとあらゆる死亡フラグを叩き潰した俺だが、ここでふと脳裏に不安が帯びた。

ここはゲームの世界であってゲームではない。

だがそれでも、実際に起こるはずだった死亡フラグは、俺が自ら動いて潰さなければすべて起きていた。

そして、このシオン・グランバニアにとって最大の死亡フラグは破壊神クヴァールと、そして天秤の女神アストライア。

「つまり、やはりその女神は殺しておかなければならないということか」

「っ――!?」

「えー……どうしてその結論になるのかしら？」

ここにきて初めてシル婆が困ったような顔をする。

彼女からすれば、なぜ俺が殺すことに固執しているのかがわからないのだろう。

「そもそも私は、敵対する者はすべて叩き潰すと言っているだろう」

「困ったわねぇ……」

そうしてシル婆は地面に這いつくばったままのアストライアを見て一言――。

「このままだと殺されちゃうけど？」

「構いません！　すでに私は天秤の女神として己の在り方を否定しています！　これ以上神として存在する気などありません！」

「えぇー、そんなこと私は望んでないのにー……どうしてシオン君もアストライアもこんなに頑固なの……あ、そうだわ」

にっこりと、シル婆はなにかいいことでも思いついたのか俺に笑いかける。

「シオン君、この子を貴方の物にしたらいいわ」

「なに？」

「……え？」

戸惑う俺たちの前で、シル婆はアストライアの背中を足で踏むと、そのまま翼に手をかけ――。

「えい」

白銀の翼を引きちぎった――。

「あ……あああぁぁぁぁぁ!!」

「あと五枚ね。えい」

「ぐ、ふぐぉぅぅぅぅ!?」

そんな気軽な声でやっている割には、目の前の光景は中々にグロテスクなものだ。

なにせ神としての象徴である白銀の翼が、背中から飛び出す鮮血で真っ赤に染まっていくのだから。

「あ、あ、あ……」

そうして六枚すべてを引きちぎられたとき、アストライアは白目をむいて口から泡が垂れ出ている。

「さて、これでこの子の神としての権能はすべて奪ったし、あとは煮るなり焼くなり好きにしたらいいわ。ただ、殺すのは駄目」

「……」

「殺したら、他の神々も絶対に貴方を許さないから。今回の件は、私の方で罰を与えたってことにするから大丈夫だけどね」

「なんのつもりだ？」

俺にはシル婆の真意がわからなかった。

彼女がアストライアを庇うのであればまだ話は分かる。

だがしかし、今回のことは俺のために行われたこと。

「だって、シオン君にエルフを助けるように頼んだの、私だもの」

「……」

「シオン君は悪いことをしてない。だから怒られる必要はない。ただそれだけよ。ところで、まだこの子を殺したい？」

すでに女神としての尊厳のすべてを奪われたようなアストライアを見て、俺は少しだけため息を吐く。

「……ふん。興が削がれた」

「良かった。それじゃあアストライアのことだけど、貴方に任せるから」

「なに？」

「ちゃんと面倒見てあげてねー」

それだけ言うと、シル婆はまるで最初からそこにいなかったかのように姿を消してしまう。

残されたのは地面に倒れて涙を流し、痙攣しているアストライア。

なにも言えなくなった俺。

そして少し離れたところでいつの間にか合流していたフィーナとレーヴァ。

「……とりあえず、元の世界に戻すか」

この後のことは、後で考えようと思いながら、黒い魔界のような空間を閉じるのであった。

エピローグ

「それで主、こやつはどうするつもりだ？」

「……そうだな」

俺の傍にやってきたレーヴァが指をさすのは、気絶して地面に倒れている女神アストライア。

女神の象徴でもある白銀の翼を失い、見るも無残な姿は俺としてもこれ以上攻撃する気が失せる光景だ。

シル婆に押し付けられたとはいえ、俺が責任を持つ義務もないし捨て置くか。

そう思っていると、フィーナが恐る恐る袖を引いて来た。

「あのリオン様……アストライア様のこと、治してはいけないでしょうか？」

「……」

「だめ、ですか？」

俺がなにも言わないからか、フィーナが不安そうな表情をする。

正直、俺からすればもうこの女神に対してなにか思うことはない。

たしかに敵対してきたが、神としての矜持すら奪われて地に堕ちたことは、この女神にとってこれ以上ない絶望だろう。

それに、アストライアに関して一番の被害者は俺ではなくフィーナだ。

彼女は神を宿すことができるだけの器であり、そのために聖女という地位に押し込まれた。

もちろん本人が拒否することもできただろうが、教会に連れられたときはまだ年端もいかない幼少期。

聖女としての教育を受けてきた以上、本人に選択肢などなかったと考えれば、運命を無理やり決めつけられたことに対して恨みを抱いてもいいと思う。

だというのに、フィーナはアストライアを救いたいらしい。

俺には理解できない感情であるが……。

「……貴様は、この神が憎いと思わないのか？」

「思いません。思えませんよ……だってアストライア様は常に私を見守ってくださっていたのですから」

「そうか。ならば私からはなにも言わん。好きにしろ」

「はい！」

たたた、とフィーナは倒れて気絶しているアストライアの傍まで行くと、背中に治癒魔術を使用し始める。

地面に血溜まりを作るほど深い傷であったはずが、みるみる治っていく姿は彼女の卓越した才能ゆえだろう。

光を放つ彼女の姿はまさに聖女というに相応しい姿で、その光景は美しいものだと思う。

「やれやれ。主はどこかフィーナに甘いなぁ」

そんな光景を見ていると、隣に立っているレーヴァがやや呆れた口調で呟く。

「甘い、か？」

「うむ。誰の目から見ても主はフィーナに甘い」

「それは、私自身と重ねているからかもしれないな」

生まれたときからクヴァールの器としていずれ飲み込まれる運命にあったシオン・グランバニア。

いずれ生まれるはずだった破壊神を滅ぼすため、女神にその肉体を明け渡して死を選ぶフィーナ。

ある意味自分たちは対照的で、そして同じ運命を背負った共同体だった。

「……まあ、今となっては意味のない感傷のようなものだ」

「主の過去なども聞いてみたいものだが……まあ今は良いか」

しばらくして、翼を失った女神アストライアの背中にあった傷が消え失せていた。

まだショックから意識を取り戻せていないが、いずれは目を覚ますことだろう。

「さて、それでは私はエルフたちを解放してくるか」

「む？　あれはどうすればいい？」

「もし起きて暴れるようであればお前がなんとかしろ」

「……我の扱いが雑ではないか？」

「神を抑えられる者など、貴様以外にいないのだ」

俺がそう言うと、レーヴァはかなり嬉しそうな顔をする。

「むふふー。そうかそうか。主は我を頼りにしているということだな？」

「事実を言ったまでだ。調子に乗るな」

とはいえ、機嫌良く仕事をしてくれるのであればこちらとしては問題ない。

「任せたぞ」

「うむ！　任されよう」

そうして俺はフィーナに近づく。

相当魔力を消耗したらしく、額からは汗をかいているがやり切った表情だ。

「あ、リオン様」

「フィーナ。今からエルフを解放しに行く。その際に傷付いた者もいるかもしれないが、来れるか？」

「もちろんです。元々、そのためにここまで来たのですから！　……あっ」

そうして立ち上がると、フラッと一瞬立ち眩みをしたように倒れそうになる。

このままでは不味いと思い、彼女の腰に手を回してそのまま抱き寄せた。

「あ、あのリオン様……!?」

「今から貴様には活躍してもらわなければならないのに、怪我などされては困る」

俺には大した治癒魔術の才能がないのだ。

全く使えないわけではないが、聖女であるフィーナと比べれば月とすっぽんという程度のもの。

「だとしても、えと、その、近ぃ――」

だが、やはり先ほどアストライアの回復でだいぶ無理をしていたせいか、顔を紅くして動揺している。

立ち眩みをしたようだし、ここは一度休ませる方がいいか？

「時間を置くか」

「だ、だだ大丈夫なので、とりあえず身体を離していただければ！」

「そうか？　もう倒れるなよ」

コクコクコク、と凄いスピードで頷くのが余計に気になるが、とりあえず彼女を解放すると素早い動きで俺から距離を取った。

「……」

「……」

どこか警戒した小動物のような行動にどうしたものかと考えてみるが、答えは出そうにない。

「とりあえず行くぞ」

「あ、はい……」

俺が歩き出すとそれについて来るようにフィーナも動き出す。

そうして半壊した要塞を歩きながら、俺はエルフが捕らえられているだろう場所を目指すと、血の匂いが充満していた。

並んでいるのは、俺が殺したクヴァール教団の死体たち。

もしこの世界に魂という概念が存在するとすれば、俺は彼らに一生呪われることだろう。

これが俺の歩いて来た道。

それを否定することもなければ、後悔することも決してない。

所詮、俺の魂は凡人だ。

決して善人ではないし、自分が生き延びるために他者を蹴落とす弱い人間でしかない。

だからこそ助けたい者は自分で選ぶし、殺すべき者も自分で選ぶ。

その意志を、他者に委ねることだけはしないと心に決めた。

「出ろ」

「ひっ――!?」

要塞の地下牢に繋がれているエルフたち。

見れば比較的幼い者と女性が多く、男のエルフは数人しかいなかった。

どうやらクヴァール教団のやつらも、できるだけ弱い者を選んでいたらしい。

それを見て、下衆な考えが頭に過った。

しかし彼女たちの身なりは汚れてこそいるが、どうやらクヴァール教団の目的はその魔力。

肉体そのものはなにかをされた様子は見受けられず、その分衰弱している者が多かった。

とはいえ、それを俺が考慮してやる必要もない。

「出ろと言っている」

牢屋の扉を開けてやったというのに、エルフたちは怯えたように動かない。

どうしたものかと思っていると、彼女たちがなにかを隠しているのがわかった。

そちらの方にゆっくり進むと、そこには痩せこけて荒い呼吸を繰り返すエルフの少女。

「これは……」

「ち、違うんです！　今はただちょっと眠っているだけで、これからまた頑張りますから！」

「こ、これ以上は止めてくれ！」

「魔力を吸われきったか……」

この世界の生き物は魔力を持って生まれる。

その量は人それぞれであるが、生命力の一部であるそれを失うとそのまま衰弱死してしまうものだ。

精霊喰いで精霊の力を奪われ、そしてクヴァールの復活のために魔力を奪われたエルフたち。

その未来の先は、俺でさえ惨いと思う光景。

「フィーナ、なんとかできるか？」

「……申し訳ありません。ここまで衰弱したらもう……」

「そうか」

俺は膝をつき、弱った少女を抱える。

「あ、あの⁉　いったいなにを⁉」

「その子はもう十分苦しんだじゃないか！　最期くらいは安らかに眠らせてあげてくれよ！」

「黙れ」

「っ――⁉」

なにを勘違いしたのか、俺に喰いかかってくるエルフたちを睨む。

「……何度も言わせるな。出ろ」

「あ、あの……」

なにかを言いたげなエルフたちを無視して、俺は少女を抱いたまま牢屋の外に出る。

すでに彼らを縛っていた壁はない。

それでも出ずにここに籠もると言うのであれば、もう知らん。

「大丈夫ですよ。私たちは貴方たちを助けに来たんです」

「た、助けに……？　人間が？」

「はい」

信じられない、という雰囲気が背中越しで伝わってくる。

そんな彼らをおいて、俺はさっさと要塞の外に向かっていった。

「待たせたな」

「む……帰ったか主よ」

アストライアの見張り役として置いておいたレーヴァは、木の枝で地面に絵を描いていた。

どうやらよほど暇だったらしい。

「アストライアは？」

「見ての通り、結局起きず仕舞いだ」

「そうか。できれば置いていきたいところだが……まあ仕方がないか」

振り向くと、不安そうについて来るエルフたち。

まだ俺のことを敵かなにかだと思っているらしいが、しかし助けに来たと言う言葉に期待を持っているようにも見える。

暴れないのであればどうでもいいが、どうやらフィーナの説得は多少効いたらしい。

「全員乗せられるな？」

「もちろんだ」

レーヴァの身体が炎で包まれたかと思うと、そのまま炎は天高くまで駆け巡り、そして巨大なドラゴンの姿になる。

「あ、あ、あ……」

「やっぱり助けに来たなんて嘘だったんだ！　あのドラゴンに俺たちを食わせる気なんだ！」

突然現れた凶悪な存在を前にエルフたちが膝をつき絶望する。

いちいち説明するのも煩わしい。

そもそも、正直もう疲れたのだ。

クヴァール教団のやつらを相手にし、クヴァールの残滓と戦い、そして最後に余計な神に手を煩わされた。

さっさと帰って休みたいと思っても仕方がないだろう。

「乗れ」

「ひっ——!?」

「ハァ……フィーナ、説明は任せる」

「は、はい！　あの、大丈夫ですから！　決してこのレーヴァさんは貴方たちを襲う悪いドラゴンさんではありません」

怯えているエルフたちはフィーナに任せ、俺は片手でエルフの少女を抱きしめながらアストライアの首根っこを掴むとそのまま浮遊してレーヴァの背に乗る。

そしてアストライアを適当に放り投げると、そのまま腰を下ろして瞳を閉じた。

腕の中には完全に衰弱したエルフの少女。

なにも言えず、荒い呼吸を繰り返すだけで、もはや生きていられる時間もそう長くはないだろう。

だがそれでも、この少女からは『生きたい』という意思が伝わってきた。

「そうだな……生きたいよな……」

死にたくない。そんな当たり前の想いを俺は尊重する。

「レーヴァ。奴らが全員乗ったら、可能な限り最大速で一気に飛べ」

「うむ、承知した」

ようやくフィーナの説得が効いたらしく、エルフたちが恐る恐るレーヴァの背中に乗ってくる。

それを横目に、俺は空を見上げながら風を感じるのであった。


アークレイ大森林の上空。

地上では遠目からレーヴァの姿が見えたのか、里のエルフたちが外に出てきて俺たちを待っていた。

「お、おぉぉ……」

「ほ、本当に私たち、帰ってこられたのね……」

「う、うぅ……うぅぅ」

俺の背後ではクヴァール教団に捕まっていたエルフたちが、空の上から故郷を見て感極まった様子で声を上げている。

適当なところでレーヴァが地上に降りると、彼らは一気に駆け出していき家族たちと抱擁し、泣き出した。

その中でアリアの姿も見えるが、仲間が戻ってきたことが嬉しいのか一緒になって泣いている。

「良かったです……うぅぅ」

そんな光景を見下ろしていると、隣でフィーナがもらい泣きをしていた。

俺はというと、その光景を美しいとは思うものの、彼らの感情を受け止めることはできそうにない。

この世界に生まれてから、身近な人間というのは利用し利用される関係の者ばかり。

皇帝である父は味方ではなく、母とは会う機会すらほとんど恵まれなかった。

上の兄弟たちは血と毒にまみれる政争により心を堕とし、信頼できる者はほとんどいない世界。

だからこそ、あれほど無防備に身を許せる相手というのは、ほんの少し羨ましいと思う。

理解はできそうになかったが。

「まあいい。とにかくこれで問題は一つ解決したか」

「そうですね。でも――」

不安そうな顔をするのは、エルフと人間の根本的な解決になっていないからだろう。

今回の件でエルフたちから『俺たち』は信頼を得ることができた。

しかし元々は人間がエルフを攫っていたのだ。

彼らからしたら、クヴァール教団だろうと帝国民だろうと関係ない。

そして、人間にとってもエルフが金になる存在なのもまた変わらないままだ。

結局のところ、このままでは人とエルフは交わることなく、いずれまた同じようなことが起きてしまうだろう。

だから俺は――。

「そういえば主よ。なぜ黒髪の姿に戻らんのだ？　その姿では、アリアたちが困惑するだろう？」

「リオンの姿を見られたくないからな」

「ん？　それはどういう……」

「リオン様！　あそこを！」

レーヴァの言葉を遮るように、フィーナが慌てた声を上げる。

見れば、森の奥から馬に乗って武装した集団がやって来た。

彼らはエルフの存在を見つけると、整然としたまま動きを止めてこちらを見ている。

「に、人間だ！」

「なんでまた!?　せっかくここまで帰って来れたのに!?」

「くっ！　怪我をしている者は後ろへ！　戦える者は前に！」

突然の人間の襲撃にエルフたちも動揺し、女子どもを里に逃がすよう指示を出し始めた。

彼らからすれば、人間の存在は悪魔のようなものだし、慌てるのも無理はないだろう。

「我が追っ払ってやろうか？」

「いい。あれは敵ではないからな」

「え――？」

俺はレーヴァの背中から降りると、戦闘態勢を整えるエルフたちの前に立って騎士団を見る。

「り、リオン様……」

「リオン様は、我々の味方ですよね？」

「え……リオンくんなの？」

要塞から助けたエルフたちは俺のこの姿を知っているが、元々リオンの姿で会っていたアリアや他のエルフは戸惑った様子だ。

俺は振り返り、一瞬だけ『リオン』の姿になって不敵な笑みを浮かべる。

「アリア、心配するな」

「ぁ……うん」

それだけ言って再び『シオン・グランバニア』の姿となり、やってきた騎士団に向き合う。

彼らは戸惑いを隠せない様子で騒めいている。

どうやら、どうしてここに俺がいるのかが分かっていないらしい。

「情報を規制するのは当然だが、それでもあえて言おう……」

――お前たちはいつから私を見下ろせる立場になったのだ？

「「「っ――!?」」」

「ぜ、全員馬から降りろ！　早く！　早くぅぅぅぅぅ！」

ほんの少し魔力を解き放ち嗤《わら》ってやると、騎士団の隊長が大慌てで声を張り上げる。

それに釣られるように騎士たちも下馬し、そのまま地面に膝を付けて頭を下げた。

「え？　え？　なに、これ……」

「ふ……」

背後で戸惑っているアリアの声が聞こえてくるが、それをあえて無視して前に進む。

地面を踏みしめる音が一つ鳴る度に騎士たちが怯えたように身体を震わせた。

そして――ただ一人跪かずに立ちながら俺に微笑む年若い男の前に立つ。

美しい黄金の短い髪を立て、白銀のマントを着たこの者こそ――。

「久しいなジーク。息災だったか？」

「ええ。兄上も相変わらず元気そうでなによりです」

実の弟――ジーク・グランバニア。

弱冠十四歳にしてグランバニア帝国の現皇帝の地位につき、そして俺が唯一信頼できる男だ。

「それにしても早い到着だったな」

「あの兄上からの手紙ですから。たとえ戦争中でも駆け付けますよ。他国全部と敵対するより兄上の方が怖いですからね」

「その時は戦争に集中してほしいが、まあいい」

エルフの里の状況を知った俺は、すぐにジークに向けて手紙を送った。

元々以前から奴隷制度は気に喰わなかったが、それでも最下層の人間が生きるには仕方がないと思っていた。

しかしである。帝国の法に触れないからと言って自然と生きているエルフまで奴隷にするのは違うだろう。

なにより、エルフの里は人では生み出せない『価値』がある。

それを守り、そして共存することこそ帝国の発展に繋がるのだ。

「手紙で書いたとおりだ。帝国とエルフは、今後よき隣人として繋がりを深めていくことにする」

ざわざわと、ジークの背後にいる騎士たちが戸惑った様子を見せる。

今までのエルフと人間の関係を考えれば当然だろうが、それも俺が一睨みすると途端に身動き一つしなくなった。

これが今のエルフに対する人間の価値観だから仕方がないだろう。

そして、仕方がないで終わらせるのは俺の趣味でもない。

「……だが今はお前が皇帝だ。もし否定するなら好きにしたらいい」

「否定などしませんよ。兄上の言うことに間違いなどあるはずがありませんから」

「そうか」

穏やかに笑う仕草はまるで物語の王子のように爽やかで、とても俺と血が繋がっているとは思えないほど対照的だ。

俺のことを盲目的に信頼してくれているが、それでも実際にメリットがなければ意見を言える男なので、本当に問題がないということだろう。

なんにせよ、今回の件がきっかけになればいいと思う。

ただ生きたいと思うことに、種族など関係ないのだから。

「ならば今後、エルフを愛玩動物のように取り扱っている者どもから解放させろ。そして、もしも隠そうとするのであれば丁重に対応してやれ」

「はい。丁重に、ですね」

「ああ」

まだ赤子の頃から色々と仕込んできただけあって、ジークは俺の言葉の意味をしっかりと理解して行動できる。

帝国においてはどれほど優秀な者でも信頼はできなかったが、ジークだけは唯一信頼できる存在だった。

この弟に任せておけば、帝国もエルフのことも問題なく進めることができるだろう。

そう、それだけ優秀な男なのだ。

「……あと、貴様に土産がある」

俺はレーヴァの上で未だに気絶をしているアストライアを浮遊魔術で手元に持ってくると、そのままジークの前に下ろす。

「この女性は?」

「天秤の女神アストライア」

「……なんと」

「色々あって神の権能を奪われた女だ。私のことを恨んでいるだろうし殺してやりたいところだが、そうすると後々面倒でな。ジーク、貴様のところで預かっておいてくれ」

「……」

ジークはアストライアを見ながらなにかを考える仕草をする。

きっと今この男の頭の中では、どう利用すれば最大限活用できるかを考えているのだろう。

「上手く使えば、あの煩わしい聖教会も黙らせられるぞ」

「そうですね……ええ、あまりにも使える選択肢が多すぎて、逆に困るくらいです」

――俺も持っているだけで死亡フラグになる女を傍に置くなど困るだけだ。

「とりあえず、この女神は私の方で預からせて頂きますね」

「頼んだぞ」

そう言うと、ジークは嬉しそうに笑う。

俺と違い社交性も高く、まだ幼いがあらゆる人間が力を貸したくなるような、そんなカリスマ性がある。

おそらくこの女神のことも、大丈夫だろう。

――これで、俺の死亡フラグはすべてなくなったな。

「兄上？」

「なんでもない。私はエルフたちに事情を説明してくるから、お前は騎士団に指示を出しておけ」

「はい」

ジークはアストライアを持ち上げると、そのまま近くの騎士に預けていた。

そして俺は不安そうにこちらを見ているエルフたちに、これからのことについて話すのであった。

帝国からジークがやってきてから一ヵ月。

エルフの里では人間とエルフが一緒になって行動する姿が散見されるようになる。

「意外と時間がかかったが、まあいいだろう」

「むしろ我としては、たった一ヶ月であのエルフを説得できた主に驚きを隠せないのだが……」

最初は人間と共存することを拒んでいたエルフも多かったが、俺やフィーナのことは信頼してくれていたのだろう。

俺たちが言うなら、と言う者が徐々に現れ、ようやく今の光景が見られるようになったのだ。

エルフたちにとって人間という種族がいかに野蛮で危険な存在か、ということは認識しつつ、しかしこのままではいずれエルフという種族そのものが滅んでしまうという危機感もあったはず。

だからこそ、いつまでも森に引き籠もっているわけにはいかないと考えてたのだ。

今回の件は、その最後のひと押しになったに過ぎない。

「まあこれで、少なくともこのアークレイ大森林のエルフたちは帝国と良好な関係が築けるだろう」

「このまま争いなどにはならないのか?」

「ジークがいる。あいつがいる限りは問題など起きはしないさ」

エルフの大戦士であるスルトと談笑している姿は、相手が異種族であることを感じさせない穏やかな表情。

俺は破壊と闘争により帝国を統一したが、これからは再生と調和による統治が必要なのだ。

そして、ジークという男は誰よりもそれができる。

「主にしてはずいぶんと信頼しているのだな」

「ジークは私が手塩をかけて育ててきたからな」

他の貴族や使用人たちによる悪影響を少しでも除外するために、赤ん坊のときから可能な限り傍に置き続けた。

それこそ、自分の半身と言ってもいい。

「もし私が死ぬとしたら、それは神の意思ではなくジークに見限られた時かもしれん」

なぜなら、そのときは俺自身が俺を見限った、ということなのだから。

「一つの時代で、人間の中からこれほどの傑物が二人も現れるとはなぁ……かつて神々が起こした戦争でも再発するのか？」

「そうならないよう、私は生きるのだ」

「そうか……まあ主がどうにかなる未来は正直想像できんし、我はこのまま付いて行くだけだ」

そうしてレーヴァが離れていくと同時に、俺の姿を見つけたアリアが駆け寄ってくる。

「リオン君！」

どん、と遠慮なく抱き着いて来るので、一先ず俺もそれを受け止めた。

すりすりと頭をこすって来る姿は、どこか前世で子どもの頃に飼っていた犬を思い出させる。

「アリア、貴様も淑女ならもう少しお淑やかになれ」

「こんなことするのリオン君にだけだもん」

「そういうことではない」

奴隷商人から助けたからか、それとも約束通り仲間を助けたからか、アリアはずいぶんと俺に懐いてくれている。

エルフの中ではまだ俺に対して距離を取っている者もいるが、アリアはまるで家族のように接してくれていた。

帝国では恐れられていたからか、こうして無条件に近づいて来る者というのはどこか新鮮で、妹がいたらこんな感じかもしれないと思ってしまう。

──いや、俺やジークを見ていると、こんな感じの妹にはならないか。

なんとなく、金髪で冷徹な女帝のような妹が頭に浮かびそれを消す。

「そういえば、リオン君はいつまでその恰好なの？」

「ん？　まあここを離れるまでだ。リオンの姿を帝国騎士に見られたら、自由に旅ができなくなってしまうからな」

「旅……やっぱり、出ていっちゃうんだ」

俺の言葉にアリアが寂しそうな顔をする。

こうして別れを惜しんでもらえることに対して悪い気はしないが、しかしこれは決定事項。

「当然だ。私は人間で、ここはエルフたちの里。これからジークを中心に二種族は交友するとはいえ、そこに私のような存在が混じっていていいわけがないからな」

「でも……リオン君ならみんな受け入れてくれるよ？」

「だとしても、だ。以前貴様に言っただろう？　私は、この世界のすべてが見たいのだと」

「……うん」

ぎゅっと、抱きしめる力が強くなる。

理解はしたが、納得はしていない。そんな態度だ。

「……まあだが、この里の雰囲気のことは嫌いじゃない」

「え？」

「私が本気になれば、大陸の端から端までそう時間はかからないからな。だからまあ、思い出したらまた来てやるさ」

「……約束、だからね」

「ああ」

しばらく好きなようにさせてやっていると、アリアは両親に呼ばれて離れていく。

そうして一人で人とエルフ、二種族の姿を眺めていると――。

「なんの用だ？」

「ふふふ、用がなかったら近寄ったら駄目だったかしら？」

「ふん……好きにしろ」

なにもない空間から突如俺の隣に現れ、同じように人とエルフを光景を眺めるシル婆。

不思議な力で自身の存在を見えなくでもしているのか、誰も俺たちのことを気にしなくなった。

「ありがとうね」

「礼はいらん。貴様から貰うものは貰ったからな」

「あれがお礼になるなら、世の中の人間たちには欲がないって勘違いしちゃいそうだわ」

そうしてシル婆が見つめる先には、元気に走り回っているエルフの少女がいた。

あのときは今にも消えてしまいそうな儚い命だったが、すでにその時の面影は欠片もない。

「私は貴方のために貴重な『世界樹の涙』をあげたのに、まさか他の子のために使うなんてね」

「……私に必要ないものを、使い道のあるところで使っただけだ」

「『一度死んでも蘇られる秘薬』なんて、死ぬことを誰よりも恐れている貴方に必要だと思うけど？」

その言葉に応える義務はないと、俺は黙り込む。

たしかに俺は死を恐れている。

かつて日本で生きてきた俺は、あのすべてを失う虚無感を再び感じることを、なによりも恐れていた。

だがしかし、それでも今の俺は『シオン・グランバニア』。

帝国における恐怖の象徴であり、世界最強の存在。

「たとえ神であっても、私を殺せる存在などいない。だからあれは、私にとって不要な物だっただけだ」

「あらあら……ふふふ」

俺の言葉にシル婆は含み笑いをするだけで、それ以上追及してくることはなかった。

「でもそれだとお礼になっていないから、一つだけサービスしちゃうわね」

「なに？」

シル婆の身体がキラキラとした粒子となって輝きだす。

その光はゆっくりと俺を包み込み――。

――貴方に、世界樹の祝福を。

そんな声が風に乗って消え、シル婆は最初からそこにいなかったかのように、いなくなってしまった。

いったい彼女になにをされたのかわからないが、悪いことではなかったのだろう。

「ふん……最後まで余計なことをしてくれる」

シル婆が完全にいなくなったことを確認した俺は、フィーナの元へと近づいてく。

彼女はジークの傍にいるアストライアを見ながら、まるで迷子のような表情をしていた。

「なにをそんな暗い顔をしている」

「あ、リオン様……」

彼女の迷い。それは一度神を裏切り、己の意思を貫き通したことだろう。

聖女として育てられてきたフィーナにとってそれは、己の決まっていた未来への道をすべて壊してしまったようなものだ。

「神を裏切った私はもう教会の聖女ではありません。そう思うと、これからどうすれば……」

「自ら己の運命を切り開いた貴様には、もう聖女という肩書きは必要ない」

「え？」

「神という存在に寄りかかる必要もない。これからは、フィーナとして己の意思を貫き生きていけばそれでいい」

それはまるで俺自身に言い聞かせるような言葉。

「自力で切り開いた道というのは、存外楽しいぞ？」

「楽……しい？　不安ではなくて？」

「でき上がった道を進むなど、なんとも退屈なものだ」

この世界で俺の傍には常に死亡フラグが溢れていた。

そしてそれを事前に原作知識で叩き潰してきた。

すべて『知っていた出来事』。

それはなんとも退屈で、つまらない人生だった。

「見えない未来があるからこそ、人は前に進もうと努力する」

たしかに未来の知識を知っていたことは大きい。

そしてシオン・グランバニアという天性の才能があったことも。

だがそれでも、一つだけ自信をもって言えることがあった。

「私は止まらなかった」

絶望から始まり、破滅しかない未来。

そこで諦めることなく、できることを最大限やってきたからこそ、今の『見えない未来を歩く自分』があるのだ。

「だからこれからも止まらない。たとえどれほどの困難が待っていようと関係ない」

俺を破滅へ導くはずだったクヴァール教団。

そして、俺を殺す運命を持っていた天秤の女神アストライア。

俺は生まれた瞬間から決まっていた破滅フラグを、すべて自身の力で叩き潰した。

どれだけ悲劇の運命を背負うと決まっていようと、止まることなく未来を楽しむために戦い続けた。

そうして、俺は未来を切り開いた。

だからこそ、改めてもう一度宣言しよう。

「私はこの世界を全力で楽しんでやる。だからもし貴様がまだ迷いがあるというのであれば、私に付いてこい」

——最高に楽しい未来を見せてやろう。

俺がそう不敵に嗤いながら手を伸ばすと、フィーナは一瞬呆気にとられたように止まり、そして
——。

「はい！　私も、この世界を楽しみます！」

俺の手を掴んで微笑んだ。

破壊神の器として生まれた『シオン・グランバニア』と、それを殺すために生まれてきた女神の器『フィーナ』。

俺たちはそうして、死ぬはずだった運命を壊し、未来を紡ぐことになる。

「さあフィーナ、それにレーヴァもだ。ずいぶんと長居をしてしまったが、そろそろ行くぞ」

「我の背には乗らないのか？」

レーヴァの疑問に、俺は愚問だと思う。

「それでは情緒の欠片もないというものだ。私はこの足で歩いて、ゆっくりと世界を見ていきたいのだよ」

「そうですね。私も今はそんな気分です。ゆっくりと、世界を見て回りたい」

「……人間の感覚はよくわからんな」

「自然と覚えるとも。私たちと共にあればな」

そうしてエルフの里を後にして、俺たちは歩き出す。

『幻想のアルカディア』では紡がれなかった――未来へと向かって。

《了》

あとがき

この度は本作をお手に取って頂き、誠にありがとうございます。

この作品は「こんなの勝ち目ないだろ！」と誰もが言うような圧倒的最強のラスボスに転生した男が活躍するということ。

また、漫画やゲームの中で絶対に死んでしまうキャラを救済できたら、と誰もが思う展開。

この二点にのみ焦点を当てて書き進めてきました。

私はメインヒロインよりも、主人公と関係を持てないキャラを好きになってしまうタイプでして、自分の欲望のまま書いた結果といった感じですね。

正直、あまりにも好きなように書きすぎている自分の妄想を詰め込んだような作品なので、書籍化までできるとは思っていませんでした。

それがたくさんの読者様に支えられ、サーガフォレスト様から書籍化させて頂く機会を得られることとなり、実はかなり驚いています。

同時に、やっぱりみんなこういう『主人公以外』が活躍し、そして『死ぬはずだった女の子』が救われる話が好きなんだと知り、仲間だ！　と嬉しく思いました。

さて、自分の話は一度置いておいて、イラストレーター様の話をしましょう。

今作のイラストを担当してくださっているのは由夜様！

もう見て頂いていると思いますが、圧倒的美麗な絵を描いてくださる方です！

実はこの方、ずっと前からいつか自分の担当になって欲しいなと思い、今回サーガフォレスト様にお願いするときも『いつまででも待ちますから由夜様で！』と本気でお願いさせて頂きました。

そんな経緯もあり、こうして今回担当をして頂き、そしてこのイラストですよ！

感動するくらい格好良く、見惚れるくらい可愛く仕上げて下さいました！

皆様はまずイラストを見て、期待して手に取ってくださったかと思います。

そんな読者の皆様の期待を裏切らないよう、私も精一杯面白くなるように書かせて頂きましたので、楽しんで頂けていれば幸いです。

最後にこの作品に関わる皆様方へ、この場をお借りしてお礼を申し上げます。

おかげさまで、素晴らしい形で世に出させて頂きました！

実はこれを書いているとき、すでに2巻の原稿を進めさせて頂いております。

こちらはまだWEBにもない完全オリジナルのお話！

楽しんで貰えるよう私も頑張りますので、良ければこれからも応援よろしくお願い致します！

唯一無二の最強テイマー
〜国の全てのギルドで門前払いされたから、他国に行ってスローライフします〜
原作：赤金武蔵　漫画：田村紘一
キャラクター原案：LLLthika
異世界還りのおっさんは終末世界で無双する
原作：羽々音色　漫画：ダンタガワ
処刑された聖女は死霊となって舞い戻る
原作：緒二葉　漫画：蚊
キャラクター原案：みなせなぎ

雷帝と呼ばれた最強冒険者、
魔術学院に入学して
一切の遠慮なく無双する
原作：五月蒼　漫画：こばしがわ
キャラクター原案：マニャ子
モブ高生の俺でも
冒険者になれば
リア充になれますか？
原作：百均　漫画：さぎやまれん
キャラクター原案：hai
魔物を狩るなと言われた
最強ハンター、
料理ギルドに転職する
原作：延野正行　漫画：奥村浅葱
キャラクター原案：だぶ竜
COMIC
NOVA
ノヴァ
https://www.123hon.com/nova/
話題の作品
続々連載開始!!

転生したラスボスは異世界を楽しみます 1

発　行
2023年8月9日　初版発行

著　者
平成オワリ

発行人
山崎　篤

発行・発売
株式会社一二三書房
〒101-0003　東京都千代田区一ツ橋2-4-3 光文恒産ビル
03-3265-1881

編集協力
株式会社パルプライド

印　刷
中央精版印刷株式会社

作品の感想、ファンレターをお待ちしております。

〒101-0003　東京都千代田区一ツ橋2-4-3 光文恒産ビル
株式会社一二三書房
平成オワリ 先生／由夜 先生

Printed in Japan,ISBN978-4-89199-996-4 C0093

※本書は、カクヨムに掲載された「悲劇の運命を背負ったラスボスに転生しました。
破滅フラグは全て叩き潰したのでこの世界を楽しみます」を加筆修正し書籍化したものです。